江南文脉
jiangnan wenmai

丁卯集箋注

（唐）許渾 撰 （清）許培榮 箋注
趙庶洋 整理

鳳凰出版社

圖書在版編目（CIP）數據

丁卯集箋注 / (唐) 許渾撰 ; (清) 許培榮箋注 ; 趙庶洋整理. -- 南京 : 鳳凰出版社, 2023.9
ISBN 978-7-5506-3983-6

Ⅰ. ①丁… Ⅱ. ①許… ②許… ③趙… Ⅲ. ①唐詩－注釋 Ⅳ. ①I222.742

中國國家版本館CIP數據核字(2023)第160259號

書　　名　丁卯集箋注
著　　者　(唐)許　渾 撰　(清)許培榮 箋注　趙庶洋 整理
責任編輯　許　勇
裝幀設計　姜　嵩
責任監製　程明嬌
出版發行　鳳凰出版社(原江蘇古籍出版社)
　　　　　發行部電話025-83223462
出版社地址　江蘇省南京市中央路165號,郵編:210009
照　　排　南京凱建文化發展有限公司
印　　刷　蘇州市越洋印刷有限公司
　　　　　江蘇省蘇州市吴中區南官渡路20號,郵編:215104
開　　本　880毫米×1230毫米　1/32
印　　張　10.75
字　　數　240千字
版　　次　2023年9月第1版
印　　次　2023年9月第1次印刷
標準書號　ISBN 978-7-5506-3983-6
定　　價　98.00圓
(本書凡印裝錯誤可向承印廠調換,電話:0512-68180638)

目録

五言古體……二四

丁卯集箋注卷之二

五言律……二六

丁卯集箋注卷之三

丁卯集箋注卷之四

五言律 ……一〇七

丁卯集箋注卷之五

丁卯集箋注卷之六

丁卯集箋注卷之七

丁卯集箋注卷之八

整理説明

許渾（？—約八五六），唐代著名詩人，字用晦，一字仲晦，於家中兄弟排行第七。祖籍爲安州安陸（今湖北省安陸市），六世祖爲唐高宗朝宰相許圉師。許渾的祖輩很早就移居潤州丹陽（今江蘇省丹陽市）。許渾父許忱，家居不仕，大概家族已經没落。許渾的生平事迹，唐宋文獻記載頗爲簡略，後人也只能根據其詩作等進行推測，導致多有歧異。譚優學在《許渾行年考》（收入《唐詩人行年考續編》）、《唐才子傳校箋》卷七《許渾傳》，羅時進在《許渾年譜稿》（收入《唐詩演進論》）中曾做過詳細研究，今結合前人成果及整理者個人研究對其生平行事中較爲確定者略述如下。據其詩中所言，許渾在及第前，曾往來夔州、潁州、許州等地，并多次前往長安應試。唐文宗大和六年（八三二），進士及第，主考官爲賈餗，同榜有李珪、畢諴、韋澳、杜顗（杜牧弟）、侯春時等人。開成元年（八三六），受盧鈞辟，前往廣州入其嶺南節度使幕，詩集中有多首詩作詠及嶺南風物。開成三年，府罷歸潤州丁卯橋家中。約開成四年前後，任宣州當塗縣尉（《郡齋讀書志》載許渾「爲當塗、太平二令」，然唐代進士起家例從縣尉始，且渾《陪宣城大夫崔公泛後池兼北樓宴二首》自云『一尉滄洲已白頭』)，後移攝宣州太平縣令。宣宗大中三年(八四九)，拜監察御史，不久即謝病歸家。病愈後起爲潤州司馬。大中六年，以虞部員外郎分司東都。此後曾任睦州、郢州刺史，世稱『許郢州』。其卒年大約在大中十年(主要根據爲顧陶《唐詩類選後序》，見吴在慶、高瑋《詩人許渾生卒年新説及晚唐兩許渾考辨》及吴在慶、李芊、高瑋《許渾卒於『咸通二年或稍後』説辨誤》二文)。

許渾是唐代江蘇地區最有成就的詩人之一。自云『丱歲業詩，長不知難』，他的詩格調豪麗，語言清奇，偶對精工，尤以七律爲勝。唐人張爲《詩人主客圖》列他爲『瓌奇美麗主』下升堂者，與陳羽、張蕭遠等并列，反映了當時人對他詩歌的認識。後世也非常推重許渾，宋代詩論家多將其與杜牧并論，如劉克莊云『杜牧、許渾同時，然各爲體』，『渾律切麗密或過牧，而抑揚頓挫不及也』，又云『(許渾)詩如天孫之織，巧匠之斫，尤善用古事以發新意』。唐宋以來各種詩歌選本均選録其詩，歷代評論家也都曾對之進行品評。然與『千家注杜』、『五百家注韓』的盛況相比，在明代以前，他的詩集未曾有過較爲全面詳盡的注釋(元代祝德子刊本雖名爲《增廣音注唐郢州刺史丁卯詩集》，然其音注非常簡單，不能算是注本)，這種情況在一定程度上限制了後人對其詩集的閲讀和傳播。隨着明代文壇復古風潮的興起，一批唐代尤其是中晚唐詩人受到重視，部分唐人詩集也得以以注釋、評點等多種方式整理出版。崇禎年間，雷起劍評點刊行許渾詩集，推動了許渾詩集在明末清初的傳播，也直接催生了許渾詩集的第一個注本，即清人許培榮的《丁卯集箋注》。

許培榮（一六七八——一七四一），字奕晉，清代金壇（今江蘇省常州市）人。自稱爲許渾裔孫。其父許熙宇順治年間官至中書舍人、刑部主事。培榮生平目前尚未見史傳、碑誌等材料記載，大部分事迹已經不詳，僅知其好學，有文名，大概未曾中第爲官，康熙四十年（一七〇一）曾捐金重建龍山塔寺，雍正七年（一七二九）與徐儒曾等呈請募捐建立金壇試院。據其子許鍾德《丁卯集箋注後跋》，順治年間許氏族人重刊雷起劍評點本許渾詩集，曾請時任直隸大名兵備道的培榮父熙宇爲序。培榮幼年喪父，讀其先父手澤，有感於當時所刊多有『字畫磨滅』者，有意重刻。又以許渾詩向無注本，遂加意搜羅考訂，歷時兩年而成《箋注》一書。雍正八年（一七三〇），由許鍾德組織刊刻，於乾隆二十一年（一七五六）方纔刻成，此時距培榮去世已有十五年。

許渾生前曾於大中四年親自將其詩編集爲五百篇，自書烏絲欄詩真迹至宋尚存，宣和年間曾進入御府，後爲岳珂所得，著録於《寶真齋法書贊》中，存一百七十餘首。然此本并非定本，此後許渾本人應尚有修訂，故與後世傳本文字差異較大。《新唐書·藝文志》《郡齋讀書志》《直齋書録解題》均著録《丁卯集》二卷，《崇文總目》作三卷。存世版本時代較早者有中國國家圖書館藏南宋刊本《丁卯集》二卷（學者均以此本當爲臨安府陳解元書籍鋪刊，故下文簡稱書棚本），中國國家圖書館藏南宋四川地區刻《許用晦文集》二卷後附《拾遺》《拾遺篇》各一卷（簡稱蜀刻本），中國國家圖書館藏海源閣舊藏元祝德子訂正本《增廣音注唐郢州刺史丁卯詩集》全本，卷末較蜀刻本多《續集》一卷。《箋注》所據爲明崇禎間刊刻的雷起劍評點本，據雷起劍云得於許渾裔孫僧人衣雲之手抄本，其卷首有元大德丁未王瑭和明弘治七年鄭傑二序，知抄本出自弘治七年鄭傑據元刻《增廣音注許郢州丁卯詩集》重刊本。許渾詩集宋、元本均分爲上、下二卷，鄭傑重刊仍遵舊式，雷本雖仍爲二卷，然詩篇排序已多有改動，《箋注》本則重分爲八卷，并按詩體將全部詩歌以五言排律、五言古體、五言律、五言截句、七言律、七言截句分類。收詩數量上，《箋注》較弘治本遺漏《寄桐江隱者》《聽吹鷓鴣》《秦樓曲》三首七絶，多《初春雨中舟次和横江裴使君見迎趙李二秀才同來因書四韻》《題慧山寺》《謝庭送别》三首，前二首已見雷本，其中《題慧山寺》一首許渾集宋元諸本均無，見載於《（咸淳）毗陵志》卷二一，此三首或爲雷氏、許氏據其他文獻輯録，然《初春雨中舟次和横江裴使君見迎趙李二秀才同來因書四韻》一首乃杜牧寄許渾詩，二本誤收。遺憾的是，元本除上、下二卷之外，尚有《拾遺》《拾遺篇》《續集》等，共録詩九十餘首，弘治本未刻，故雷本亦無。除此之外，唐宋以來典籍中收録許渾集外佚詩還有數十首之多，《箋注》僅據許培榮家藏重刊雷本，未曾訪求宋元善本，也没有搜輯集外佚詩，因之此本尚不能稱爲全備。

《箋注》每卷卷首皆題『明西蜀雷起劍雨津評』，并保留其天頭評語，雷氏原本正文中亦有批點，《箋注》全删去之。其體例重在箋注與評點，具體做法是先箋注字詞，後串講詩意并加以點評，自云『事實則引據於前，大義則詮釋於後』。前半部分較爲詳細，後半部分則越來越簡略，書末諸詩甚至多有不注者，少數詞句下注云『未詳』，當因許培榮屬稿未完，後因事中輟，故有此疏漏。箋注重在典故，次及所涉史事，而於較爲冷僻之人事多付之闕如，未能深入搜求。其所注多轉引他書，如明曾益《温飛卿詩集箋注》、清仇兆鰲《杜詩詳注》等，故多有與所引原書文字不同，而與上述二書引文一致者。偶有誤注，如《宣城贈蕭兵曹》『行吟值漁父』句，顯用屈原《楚辭·漁父》事，注誤引陶淵明《桃花源記》。又因未能訪求善本校正訛誤，故於原本誤字不察，多有强爲申説之處，如《送湯處士友初卜居曲江》題中『友初』，《箋注》云『處士非僧也，而曰「脱袈裟」，蓋處士服習禪學』，實則宋蜀刻本、書棚本均作『反初』，『反初』即僧人還俗，詩中第二句『垂老脱袈裟』即謂此；又如《題靈山寺行堅師院》詩『經岩露濕文多暗』句，《箋注》云『經岩文濕，言寺之幽』，實則宋蜀刻本、書棚本『經岩』二字作『經函』，與下句『香印風吹字半消』一言行堅日常所誦之經，一言所焚之香，對仗工穩，且此詩首句即言『西岩』，若此處再云『經岩』，亦嫌重複；《和友人送僧歸桂州靈岩寺》詩『南京長老幾年别』句，《箋注》釋『南京』云『蓋指洛中』，然唐人無以『南京』指洛陽者，宋蜀刻本、書棚本二字作『南宗』，指僧人所歸桂州靈岩寺之宗派爲禪宗南宗，許氏據誤本而强爲之解。

箋釋詩意爲全書所重，每首之後均逐句串講，疏通大意，并對詩人用意、用語之精妙加以評點揭示，於闡明詩意用力最多，亦最見成效。點評間引『朱東岩』説，當據朱三錫《東岩草堂評定唐詩鼓吹》一書，然不盲從，如《灞上逢元處士東歸》詩引朱東岩、金聖歎説，謂之『太深文』『未免太鑿』。偶有動情處，如《别劉秀才》評云『公與友人相别還家而共訴不遇之苦也。玩詩意，想在下第之後。以下和自擬，則失意可知，更携書劍，又客天涯，其在屢舉不第之時乎？此時夜别，在瀟湘雨中；後日會期，在鄠杜花下，蓋言將來赴舉，仍在京師相晤也，寫盡下第同人相别彼此飲泣之况。燈照水螢，棹驚灘雁，景象蕭瑟，無不令人於邑。如此則歸心似箭，急欲到家，而望望愈遠，真有不可忍耐一刻之苦，使困于塲屋者不堪卒讀也』，讀者很容易體會到許培榮應是因自己『困於場屋』而於詩中所言下第場景尤有共鳴。

雖然有上述收詩不全、失於校勘、注釋偶誤等問題，但是作爲許渾詩集的首部注本，《箋注》爲後人研讀許渾詩歌清除了很多障礙，客觀上推動了許渾詩歌的流傳與接受，其首創之功不可埋没。而這樣一部彙集了唐代江蘇著名詩人的詩歌和他的清代後裔箋注的著作，尤能顯示出江蘇文化歷代傳承不息的生命力，值得對之進行整理研究，以展示江蘇文化的獨特風采。

本書整理以美國加州伯克萊大學圖書館藏清乾隆二十一年刻本爲底本，參校南京圖書館藏同一刻本。底本中偶有墨釘，當爲許氏原稿殘缺，爲便於讀者閲讀，據宋、元本等校補。許氏箋注二本均有漫漶者，以無他本可校，只能暫付闕如。原書文字訛誤盡量據蜀刻本、書棚本及所引原書校改或説明。然在校勘過程中發現許氏所據底本已多有訛誤，爲保存許氏書原貌，凡確知作者所據原本已誤，如有影響理解文意處，僅出校説明而不改字。如卷一『應貴家卿心』，原校『句疑有誤』，宋蜀刻本、書棚本『家』作『冢』，然據校語知許氏底本已如此，故保持原本文字不做改動，在校語中説明蜀刻本、書棚本作『冢』。原書天頭刻雷起劍評語，今移至當首詩後，上標『評』字，文字漫漶處參校崇禎本補之。限於整理者個人水平，整理本中當有不少問題，尚祈讀者批評指正。

丁卯集叙

天下之爲宗祖者，莫不欲蔭庇其子孫；爲子孫者，莫不欲表章其宗祖。然非其實不傳，非其人不繼也。宇祖用晦公所著《丁卯集》，一時寶之，歷世寶之，由來名公巨卿無不寶之。其經人之揚扢者多矣，其爲聚散成毁者亦屢矣。遠不及指，而見於前代之紀序，如王、陸諸公，或傳或不傳，宇何敢知！但就見聞所及，如同安鄭郡公梓而藏之府庫，至慎重矣，歷百餘年，而爲火所灾及。司理雨津雷先生，好古殊甚，甚愛兹集，乃招族之耆舊裒集而新之，今僅二十餘年耳，而不免散逸之患。北陵族中兄弟將復訂其訛失而重梓之，以謀於宇。宇離鄉郡六年矣，王事匆冗，奉職不暇，何能爲祖宗表章也！但念先澤之重新，感族誼之諄篤，聊書此以跋其後，且以故人劉子克猷之論叙遺之，以弁其首。而向之竭蹶於前者，華宇、學文、體仁、兆行，宇伯父也；今之董督於後者，宇叔弘儒、庠，族兄昭卿、翔君、調維、鼎虞、經三、謨、明卿、于朝、子雲、躍龍，弟樂知、駿聲，侄左民、輔玉、尚瑛、貳生、濟安，庶幾爲先後有人乎！至於追述先傳，光昭百世，則宇仲叔幾一貫之力也。

時順治十三年仲春穀旦，賜進士出身任直隸大名兵備道嗣孫熙宇叙。

丁卯集原叙

晚唐詩人，彬彬輩出，名家當時，傳誦來裔，可謂甚盛。比年以來，學者唯多宗許郢州，其故何也？豈非絶類離倫，可以則而象之也？嘗觀杜牧之寄許詩曰：『薊北雁初去，湘南春又歸。水流滄海急，人到白頭稀。塞路盡何處，我愁當落暉。終須接鴛鷺，霄漢共高飛。』玩味是詩，可以知郢州見推行輩，相期以遠，非止於能詩也審矣，何怪後學俯焉孜孜必欲追其儁軌哉！唯昔郢州自記其篇目多至五百，而今之書肆見於板行者纔逾一半，同志之士每恨莫窺其集之全也。信安祝得甫好學不倦，尤篤志於詩，一日從容訪舊，偶得郢州類稿若干卷，復旁搜遠紹，幾足五百之數。吁，其勤摯矣！急命鋟梓，將以廣其傳。謂瑭曰：『牧之之作，所以期許郢州者，實而不華，倘大書深刻，以信後世，仿佛一序矣。子其贊一辭，以載成編之歲月，而不假乎其他也。』瑭謂郢州句律之精微，學詩者當自得之，若夫青黄犧尊，或得以戕木之性，抑瑭非其人也，曷敢妄加藻繪，以求〔一〕躐易之譏耶？得甫曰然，遂書以識。時大德丁未仲春朔，金華王瑭書。

【校勘】

〔一〕求：崇禎本作『來』。

余早歲在邑庠中，嘗讀《唐詩鼓吹》，每至郢州刺史許公用晦諸篇，未嘗不三復而三嘆，曰：『美哉，用晦之詩！觀其一篇之中，句句皆奇，一句之内，字字皆穩，無一句之或苟且，無一字之不對偶。兼且體製嚴厲，筆力、精神，一皆本乎人情，該乎物理，愈究而理趣愈深，愈玩而句法愈妙。誠盛唐之氣象，詩家之法程也。』第以弗克獲睹其全集爲恨。弘治庚戌春，余由大理左寺正出知鎮江，知許公郡人也，廣求博訪於士大夫家，幸獲《丁卯集》一秩，喜得償其宿昔之願，不啻如百朋之錫也。退而逐一簡閲之，中間遺失錯亂者亦多。又於鄉學中得一寫本，乃於郡事之暇，參互考訂，錯者正之，亂者序之，遺失者補輯之，而厥集始克全備。遂捐俸刻梓，以廣其傳，俾後之凡愛慕公詩如傑者得是集而睹之，庶幾無少憾焉。因書以識其歲月云。弘治七年冬，賜進士出身、前大理寺左寺正、知直隸鎮江府事、中憲大夫洪洞鄭傑序。

潤州城南有丁卯橋，許用晦以之名其集，故野老猶指點於荒榛斷石之間。余官此，每一過之，詠郢州之佳什而懷其遺，蓋想見之，求舊志鄭郡伯所刻集而不可得。一日偶之通濟庵訪隱人周午陽，見其花籬竹徑，垂簾悄然，閲案上有僧衣雲詩數卷，藻而多風，近《選》體，隨延而詢之，則許用晦裔也。因出其所手抄《丁卯集》讀之，冷然若馭雲鶴而游太清，湛然若飲上池而換肌髓，古人之全神，洵非全集不見。而余猶怪其備近體而遺古，何耶？用晦之古詩，它處不少概見，而專集亦遺之，豈才有偏長？抑拾翠者遺羽也？然就其五言中除世所膾炙外，如『氣高詩易怒，愁極酒難降』『山風藤子落，溪雨豆花肥』『暗烟和草色，夜雨長溪痕』，七言則如『溪雲初起日沉閣，山雨欲來風滿樓』『霜寒橡栗留山鼠，月冷菰蒲散水禽』之類，皆清新蘊藉，不乏風格，置之王、孟，亦驂駕後先，而乃以晚別之耶？晚詩不患不清，而患不厚。若用晦者，餘於厚矣。譚友夏云：『國朝詩無真初、盛，而有真中、晚。』蓋慨學初、盛者木鐘土鼓之失其韻，而思以中、晚救之也。然琢之削之，如米顛潔癖，恐污其冠，致去輿蓋以就之，則冠裳失其制矣。漱用晦之波而含其潤，又安在乎山澤之必皆癯道人耶？衣雲其急以是授諸梓，殆與白馬之來震旦同一功德云。西蜀仙井雷起劍頓首拜撰。

唐許用晦先生傳

公諱渾，字用晦，譙國公紹五世孫也。祖諱自明，由平輿適雲陽邑西北陵，因仁其里而卜築焉。父忱，有隱德。公幼穎悟，善詩詞，頃刻千言，出人意表。登唐文宗太和六年進士第，授監察御史，抱疾歸隱京口丁卯橋別墅。後再起，歷郢、睦二州刺史。公志在考槃，不樂仕進，尋亦解組歸隱。杜牧嘗寄之以詩，甚見推重，相期以遠，非止於〔一〕能詩已也〔二〕。所著有《丁卯集》二卷行世。其宅在潤城五里丁卯澗，公日夕其間，時揮灑〔三〕長吟以自適，故〔四〕以『丁卯』名集。公〔五〕有〔六〕《夜歸丁卯村舍》詩〔七〕云：『月涼風静夜，歸客泊岩前。橋響犬遥吠，庭空人散眠。紫蒲低水檻，紅葉半江船。自有歸家計，南湖二頃田。』其田在練湖之南〔八〕，即今子孫世守其業。生二子，曰瑩、曰犖，犖隨父居丁卯橋，瑩仍居北陵祖宅焉。宋元祐庚午，資政殿學士、中大夫、知成都軍府事後學胡宗愈撰。

【校勘】

〔一〕非止於：崇禎本作『特能』。

〔二〕已也：崇禎本作『而已』。

〔三〕揮灑：崇禎本上有『觸景興懷輒』五字。

〔四〕故：崇禎本上有『其詩成於此』五字。

〔五〕公：崇禎本下有『詩有云裴相功名冠四朝許渾身世老漁樵若論風月江山主丁卯橋應作午橋』三十一字。

〔六〕有：崇禎本作『後』。

〔七〕詩：崇禎本作『又』。

〔八〕南：崇禎本下有『故云』二字。

丁卯集箋注卷之一

五言排律

贈蕭鍊師并序

鍊師貞元初自梨園選爲内妓，善舞《柘枝》，宫中莫有倫比者，寵錫甚厚。及駕幸奉天，以病不獲隨輦，遂失所止。洎復宫闕，上頗懷其藝，求之浹日，得於人間。後聞神仙之事，謂長生可致，乞奉黄老，上許之，詔居嵩南洞清觀。迨今八十餘矣，雪膚花顔，與昔無異。則知龜鶴之壽，安得不繇所尚哉！因賦是詩，題於院壁。

曾試昭陽曲，瑶齋帝自臨。紅珠絡綉帽，翠鈿束羅襟。雙闕朝塵起，千門宿露陰。出宫迷國步，回駕軫皇心。桂殿春空晚，椒房夜自深。急宣求故劍，冥契得遺簪。暗記《神仙傳》，潛封《女史箴》。壺中知日永，掌上畏年侵。莫比班家扇，寧同卓氏琴。雲車辭鳳輦，羽帔别鴛衾。

綢斷魚游藻，籠開鶴戲林。洛烟浮碧漢，嵩月上丹岑。露草争三秀，風篁共八音。吹笙延鶴舞，敲磬引龍吟。旄節纖腰舉，霞杯皓腕斟。還磨照寶鏡，猶插辟寒金。東海人情變，南山聖壽沉。朱顔常似渥，緑髪已如尋。養氣齊生死，留形盡古今。更求應不見，鶏犬日駸駸。

評：一序及詩，淵穆深厚，超乎風氣矣。

貞元。德宗諱适，代宗太子，初封魯王，大曆十四年乙未五月即位。改元三：建中、四。興元、一。貞元。二十一。在位二十六年，壽六十四，葬崇陵。奉天之難，專事姑恤，藩鎮之禍，遂始於此矣。

駕幸奉天。《新書》：建中四年十月，涇原節度使姚令言反，犯京師。戊申，車駕如奉天。朱泚反，殺司農段秀實等。朱泚犯奉天，禁軍敗績于城東。辛酉，靈鹽節度留後杜希全、鄜坊節度使李建徽戰于漠谷，敗績。癸亥，劉德信及泚戰于思子陵，敗之。甲子，行在都虞候〔一〕渾瑊及泚戰于城下，破之。興元元年丁卯，李懷光爲太尉，懷光反，車駕如梁州。己亥，渾瑊爲朔方、邠寧、振武、永平、奉天行營兵馬副元帥，尚可孤爲神策、京畿、渭南、商州節度招討使。乙丑，渾瑊及朱泚戰于武亭川，敗之。丙子，李抱真、王武俊及朱滔戰于經城〔二〕，敗之。壬辰，尚可孤及朱泚戰于藍田之西，敗之。乙未，李晟又敗之苑北。戊戌，又敗之于白華，復京師。六月癸卯，姚令言伏誅。甲辰，朱泚伏誅。癸丑，以梁州爲興元府。壬午，車駕至自興元。辛卯，大赦，賜百官將士勛、階、爵，收京城者升八資。

昭陽。漢宮閣名。武帝時，後宮八宮有昭陽、飛翔、增城、合歡、蘭沐、含香、鳳凰、鴛鴦等殿。

雙闕。《三輔舊事》曰：『未央宮東有蒼龍闕，北有元武闕。』

故劍。漢宣帝詔求微時故劍。

壺中。後漢費長房爲汝市曹掾，有賣藥老翁懸一壺於肆頭，及市罷，即跳入壺中，蓋謫仙也。

班家扇。班婕妤，右曹越騎校尉況之女。少有才學，成帝選入宫，爲婕妤。飛燕譖其咒詛，考問之，上善其對，遂供養太后長信宫。乃作《怨歌行》云：『新製齊紈素，皎潔如霜雪。裁成合歡扇，團團似明月。出入君懷袖，動摇微風發。常恐秋節至，凉飆敚炎熱。棄捐篋笥中，恩情中道絶。』

三秀。唐《白帖》：『煌煌靈芝，一年三秀。』

八音。《永嘉記》曰：『陽嶼有仙石山，頂上有平石，方十餘丈，名仙壇。壇陬有一筋竹，凡有四竹，葳蕤青翠，風來動音，自成宫商。』又盛弘之《荆州記》曰：『臨賀山中有大竹數十圍，高亦數十丈。有小竹生其旁，皆四五圍。下有磐石，徑四五丈，極方正，青如彈棋局。兩竹屈垂，拂掃石上，初無塵穢。未至數十里，聞風吹此竹，如簫管之音。及至，乃知聲是竹中天籟。』

照寶鏡。《孝經援神契》曰：『神靈滋液，百寶用則璣鏡出。』『寶鏡』蓋本此。

辟寒金。漢明帝時，昆明貢漱金鳥〔三〕，常吐金屑，宫人以金飾釵，謂之辟寒金。每相嘲曰：『不得辟寒金，那得聖人心。』

渥。謂渥丹也。

鷄犬。暗用桃源字。

首四句，叙錬師初入宫，以試曲親受帝知，賞賜華贍，極一時之榮寵。『紅珠』『翠鈿』，蓋所贈纏頭；『絡綉帽』『束羅襟』，蓋當場拜賜而加飾也。『雙闕』四句，叙駕幸奉天，以姚令言反，而令宫車蒙塵于外，錬師不能隨駕。至駕回，而帝軫念之。『桂殿』四句，叙帝懷其藝，求之浹日，而得于民間也。『暗記』四句，叙錬師聞神仙之事，而求長生出世。『莫比』四句，叙其出宫入山。『網斷』四句，言得遂其意，而竟居嵩洛也。『露草』二句，寫山中景物之近于神仙。『吹笙』六句，寫鍊師課誦、導引之餘，猶帶宫庭遺物也。『東海』八句，言鍊師幾于長生得道，終竟飄然物外也。

【校勘】

〔一〕候：原作『侯』，據《新唐書》卷七《德宗本紀》改。

〔二〕經城：原作『京城』，據《新唐書》卷七《德宗本紀》改。

〔三〕鳥：原作『烏』，據《太平廣記》卷四六三引《拾遺録》改。

冬日宣城開元寺贈元孚上人

一鉢事南宗，僧儀稱病容。曹溪花裏别，蕭寺竹前〔一〕逢。燭影深寒殿，經聲徹曙鐘。欲齋檐睡鴿，初定壁〔二〕吟蛩。詩繼休遺韻，書傳永逸踪。藝多人譽洽，機絶道情濃。汲澗瓶沉藻，眠階錫挂松。雲邊新放鶴，池卧舊降龍。露茗山厨焙，霜粳野碓舂。梵文明處譯，禪衲暖時縫。層塔題應遍，飛軒步不慵。綉梁交薜荔，畫井倒芙蓉。翠户垂旗網，朱窗列劍鋒。寒風金磬遠，晴雪玉樓重。妙理三乘達，清才萬象供。山高横睥睨，灘淺聚艨艟。微霧〔三〕蒼平楚，殘暉淡遠峰。林疏霜摵摵，波静月溶溶。劍出因雷煥，琴全〔四〕遇蔡邕。西方知〔五〕有社，支許合相從。

評：辭氣雍和，音律恬細。

開元寺。現存宣城，今名景德寺。

南宗。禪林有南、北二宗。南宗自五祖黄梅弘忍傳六祖曹溪慧能，能傳南岳懷讓、青原行思二人，南嶽傳江西馬祖，青原傳石頭希遷，嗣後支派繁多。至六祖下第五世，鎮州臨濟義玄遂爲臨濟宗，瑞州洞山良价遂爲曹洞宗，至今流傳，并爲南宗。北宗自五祖黄梅上座神秀傳壽州道樹，樹之後傳未詳。

休。湯惠休，詩僧也。

永。僧智永，善書。

支、許。支遁，字道林，本姓關氏，謂元乎。許詢，公自謂也。《世説》：『支遁、許詢共在會稽王齋〔六〕，支爲都講，許爲法師。』

三乘。釋典：阿羅漢果獨了生死，不度衆生，故名小乘，如車乘之小者，僅能自載。聲聞緣覺乘爲中乘，菩薩乘爲大乘。

睥睨。《釋文》：『城上垣謂之睥睨。』

雷煥。字孔璋。雷次宗《豫章記》：『有紫氣見斗、牛之間，張華聞孔璋妙達象緯，乃要宿，屏〔七〕人問，孔璋曰：「惟斗、牛之間有異氣，是寶物之精，上徹于天耳。」孔璋具言精在豫章豐城，遂以爲豐城令。至縣，掘得二劍，乃留其一。後其子爲建安從事，經淺瀨，劍忽于腰間躍出，入水變爲龍去。』

蔡邕。詳『焦尾』二句，喻元孚之識能鑒别人，當爲接引西方也。

此公極爲鋪張揚厲于元孚也。首叙元孚以一鉢而從事于南宗之學，其儀狀與病容相稱，指其清癯也。别於曹溪花裏，逢于此寺竹前，以下頂此句鋪叙。『燭影』四句，寫其道情之寧謐也。『詩繼』二句，寫其工于詩書。『藝多』句結上，『機絶』句起下。『汲澗』以下，皆寫機絶逸致：汲澗而瓶沈于藻，見軍持之潔净；眠階則錫挂于松，見杖影之倚松；鶴放雲邊，龍眠池内，見神物之馴服；露茗取之山厨，霜粳取之野堆，見供具之隨分；譯梵文于明處，縫禪衲于暖時，見作務之隨時；登眺則遍〔八〕題層塔，經行則旋步飛軒，見步履之輕舉，以上皆著上人身上説。『綉梁』以下，又舉開元寺言之：綉梁畫井、翠户朱窗，見刹宇之華燦；薜荔芙蓉，見花草之縈拂；旗網劍鋒，見山樹之蔭密；寒風則磬聲送遠，晴雪則玉樓映重，凡此皆上人在開元寺中受用處。『妙理』二句，又一句結上，一句起下，言惟上人之妙理已達乎三乘，所以上人之清才盡萬象之供也。『山高』『灘淺』『微霧』『殘暉』『林疏』『波静』六句，皆所供之萬象。『劍出』四句，又言上人之識，精别流品如此，必能接引于西方之社也。

【校勘】

〔一〕前：原校『一作間』。

〔二〕壁：原作『璧』，據蜀刻本、書棚本、崇禎本改。

〔三〕霧：蜀刻本、書棚本作『靄』。

〔四〕全：蜀刻本作『聲』，書棚本作『焦』。

〔五〕知：蜀刻本、書棚本作『如』。

〔六〕齊：原作『齊』，據《世説新語・文學》改，《世説新語・文學》下又有『頭』字。

〔七〕屏：原作『并』，據《太平御覽》卷三四四引《豫章記》改。

〔八〕遍：原作『扁』，據詩文改。

維舟秦淮過温州李給事宅

給事爲郎日，青溪醉隱銜。冰池通極浦，雪徑繞高岩。珠玉砂同棄，松筠草共芟。帝圖憂一失，臣節耻三緘。代有王陵戇，時無靳尚讒。定慮〔一〕操直筆，寧爲發空函。霧黑連雲棧，風狂截海帆。石梯迎雨潤，沙井帶潮鹹。蠟屐青筇杖，藍輿白罽衫。應勞北歸夢，山路正巉巉。

評：嚴偉。

青溪。《金陵志》：『青溪發源于鍾山，東流爲秦淮河。』

三緘。《家語》：『孔子觀太廟石階之圮，見金人焉，三緘其口，而銘其背曰：「古之慎言人也。毋多言，多言多害。毋多事，多事多敗。」』

王陵。《漢書・王陵傳》：『沛人也，少文任氣，好直言。惠帝崩，高后欲立呂氏，陵曰：「高帝約：『非劉氏而王者，天下共擊之。』」太后不悦。』

靳尚。《史記・屈原傳》：『張儀厚賂楚懷王用事臣靳尚，而飾詭辨于王之寵姬鄭袖。懷王卒聽鄭袖，釋去張儀，而益疏屈原。』

空函。桓温將以殷浩爲尚書令，浩欣然答書，慮有謬誤，開閉數十，檢視不休，竟以空函達温，大忤温意。

玩詩意，李給事蓋金陵人，家在青溪，公過其宅而詠其生平出處也。其始則雖居郎位，而以醉隱爲銜，其高雅可知。『冰池』『雪徑』，詠其宅之幽邃；『珠玉』『松筠』，詠其情之蕭灑。『帝圖』五句，言給事乃心王國，以闕失爲憂，以緘默爲耻，于是比戇于王陵，雖時無靳尚之讒，而直道亦難容于朝，以致貶外，定因操直筆之故，非如殷浩之欣喜名位而誤達空函也。『霧黑』云云，時給事已離諫職而出置温州，永嘉多山濱海，故有『雲棧』『海帆』之句，而此四句亦兼比賦，在内賦温州境地之惡，比給事受屈之狀，如受黑霧狂風而跌于石梯沙井也。『蠟屐』『藍輿』，想其在温州雖起居無恙，而必以北歸爲夢，不樂久登陟于巉巉之山路也。

【校勘】

〔一〕慮：原校云『按此字疑有誤，宜作「因」字』。蜀刻本作『因』，書棚本空闕。疑即因底本空闕而臆補『慮』字。

蒜山津觀發軍

羽檄徵兵急，轅門選將雄。犬羊憂破竹，貔虎極飛蓬。定繫〔一〕猖狂虜，何煩矍鑠翁。更探黄石《略》，重振黑山功。别馬嘶營柳，驚烏散井桐。低星連寶劍，殘月讓雕弓。浪曉戈鋋裏，山晴鼓角中。甲開魚照水，旗颭虎拏風。去想金河遠，行聞〔二〕玉塞空。漢庭應有問，師律在元戎。

蒜山。在京口江干，以形似得名。

飛蓬。《詩》：『自伯之東，首如飛蓬。』

矍鑠翁。《漢書·馬援傳》：『矍鑠哉是翁！』

黄石《略》。《運命論》：『張良誦《三略》之説。』注：『黄石者，神人也，有《上略》《中略》《下略》。』

黑山。陜西五原郡有黑山，在今榆林衛。

星連寶劍。崔豹《古今注》：『吴有六劍，曰白虹，曰紫電，曰辟邪，曰流星，曰青冥，曰百里。』文〔三〕《吴越春秋》：『秦客薛燭善相劍，越王取常劍視之，薛燭曰：「非寶劍也。」取純鈎示之，薛燭曰：「光乎如屈陽之華，沉沉如芙蓉始生于湖，觀其文如列星之行，觀其光如水溢于塘，此純鈎也。」』

金河。見後《早秋》。

玉塞。即玉門關。

此詠軍容之盛也。首敘發軍之故，言『羽檄徵兵急』而『轅門選將雄』，軍雖方出于牙門，而虜于彼地已覺寒心，犬羊喪膽，貔虎飛騰，只此偏裨〔四〕，已足縶猖狂之虜，何須主將。更素誇矍鑠之翁，久諳黄石之韜略，而後能重振黑山之功也哉！『何煩』二字貫三句。此時别馬嘶于營柳，而晚上之驚烏散于井桐，言其聲勢震撼。低星則連于寶劍，殘月且讓于雕弓，浪曉則戈鋋照水，旗飏則虎翅拏風。今日之去，意想金河之遠；行至于彼，定知塞北之空。『漢庭有問』云者，言策勳天府，則歸功于主將之得元戎也，收結得體。

【校勘】

〔一〕繫：原校『一作擊』。

〔二〕聞：原校『一作知』。

〔三〕文：疑爲『又』字之誤。

〔四〕裨：原作『稗』，據文意改。

送從兄别駕歸蜀川并序

從兄彦昭與桂陽令韋伯達，貞元中俱爲千牛〔一〕。伯達官至王府長史。長慶中，非罪受譴。前年會赦，復故秩，詔未及而已歿。從兄自蜀而南，發旅櫬，歸葬塗上，既而西還。因成十韻贈別。

聞與湘南令，童年侍玉墀。家留秦塞曲，官謫瘴溪湄。道直奸臣屏，冤深聖主知。逝川東去疾，霈澤北來遲。青漢龍髯絶，蒼岑〔二〕馬鬣移。風凄聞笛處，月慘罷琴時。客路黄公廟，鄉關白帝祠。已稱《鸚鵡賦》，寧誦《鶺鴒》詩。遠道書難達，長亭酒莫持。當憑蜀江水，萬里寄相思。

評：深悲婉嘆，溢乎辭外。

龍髯。《漢書》：『黄帝鑄鼎荆山之下，有龍垂髯下迎，黄帝騎龍上天，小臣攀龍髯而上者七十二人。』後人以大行賓天，每稱『龍馭』，此『龍髯絶』指伯達歿。

黄公廟。漢黄霸爲潁川守，有惠政，廟在潁川。

白帝祠。《方輿勝覽》：『白帝廟在奉節縣東八里舊州城内，漢末公孫述自稱白帝。』

《鸚鵡賦》。《後漢書》：『禰〔三〕衡在黄祖座，作《鸚鵡賦》，筆不停綴，文不加點。』

《鶺鴒》詩。《詩》：『鶺鴒在原。』箋：『雝渠水鳥，今在原，失其常處，則飛鳴求其類。』

首叙別駕與韋桂陽童年并爲侍從。『家留』句屬別駕，家在蜀也，『官謫』句屬韋長史，長慶中非罪受譴也。非罪之故，在直道而爲奸臣所屏，以恩深而爲聖主所知。『逝川』句，惜韋之已歿，『霈澤』句，惜詔之來遲。『青漢』句結上，言不能沾恩復秩，追攀斷絶也，『蒼岑』句轉下，屬別駕自蜀而南也。『風凄』四句，寫其發旅櫬歸葬塗上一路凄凉之況。『已稱《鸚鵡賦》』，屬別駕，以能賦鸚鵡而見知于人世；『寧誦《鶺鴒》詩』，公自指，蓋公與別駕爲從兄弟，而不能相隨從，則能不誦《鶺鴒》之詩也哉！『遠道』云云，正寫誦詩之意，詩不能寄于遠道，酒不能持于長亭，惟寄相思于江水耳。

【校勘】

〔一〕千牛：原作墨釘，據蜀刻本補。

〔二〕岑：原校『一作山』。

〔三〕禰：原作『彌』，據《後漢書》卷八〇下《文苑·禰衡傳》改。

金陵阻風登延祚閣

極目皆陳迹，披圖問遠公。戈鋋三國後，冠蓋六朝中。葛蔓交殘壘，芒花没後宫。水流簫鼓絶，山在綺羅空。極浦千艘聚，高臺一徑通。雲移吴岫雨，潮轉楚江風。登閣慚漂梗，停舟憶斷蓬。歸期與歸路，杉桂海門東。

遠公。《晉書·高僧傳》：『慧遠，本姓賈氏，雁門樓煩人。因秦亂，來游于晉。居廬阜三十餘年，化兼道俗。』公以遠公指當時同登閣之僧。

海門。京口大江中焦山、象山兩山相峙之間曰海門，公之别墅在京口之東，故云。

此公于金陵登延祚閣懷古而賦也。『極目』二句，唱起通首，言登閣一望，而金陵龍蟠虎踞之象盡在目前，一如披圖然者，『問遠公』，問途中所見之陳迹也。『戈鋋』以下，皆陳迹之實，金陵石頭城始于三國，戈鋋于此而相尋；建業建都于六朝，冠蓋于此而會集。而今所存，葛蔓而已，芒花而已，山水依然，而簫鼓綺羅都歸烏有。『極浦』以下，又申極目之意，千艘聚于極浦，一徑通於高臺，吴岫、楚江，收于一覽，皆因登閣所見問於遠公而得之者如此。因念此身閲世，究竟都成陳迹。東坡詩云：『人生到處知陳迹，有似飛鴻踏雪泥。雪上偶然留指爪，鴻飛那復計東西。』即此詩『漂梗』『斷蓬』之意。然而家鄉不遠，極目所到，海門杉桂猶將見之，遠公其謂我何哉？

送林處士自閩中道越由霅抵西〔一〕川

書劍少青眼，烟波初白頭。鄉關背梨嶺，客路轉蘋洲。處困道難固，乘時恩易酬。鏡中非訪戴，劍外欲依劉。高枕海天暝，落帆江雨秋。鼉聲應遠鼓，蜃氣學危樓。智士役千慮，達人輕百憂。唯聞陶靖節，多在醉鄉游。

梨嶺。《泉山記》曰：『梨嶺在泉山郡東十五里，因梨以得名。』

蘋洲。霅溪連汀洲，洲一名白蘋。梁吴興太守柳惲〔二〕于此賦詩云『汀洲采白蘋』，因以名洲也。

鏡中。即鑒湖，在紹興府城西南，漢太守馬臻鑿，唐玄宗詔賜賀知章鑒湖一曲，即此。

訪戴。《説林》：『王子猷居山陰，雪夜忽憶戴安道。時戴在剡溪，即乘輕船就之。既造門，不前便返。

人問其故，曰：「吾乘興而來，興盡而返，何必見戴。」』

劍外。西川在劍閣外。

依劉。《魏志》：『王粲，字仲宣，山陽人。獻帝西遷，粲從至長安，以西京擾亂，乃之荆州依劉表。』

鼉聲。《晉安海物志》：『鼉宵鳴如桴鼓。』

蜃樓。《史記・天官書》：『海傍蜃氣似樓臺。』

首四句以處士書劍烟波，不蒙青眼，而沉埋至于白頭，今日由閩至霅而去。『處困』句結上，憐處士之所遭不偶，不能固窮也，『乘時』句起下，言暫時受恩于人，尚爲易酬，此爲由越入蜀張本，接出所以入蜀之故。『鏡中』二句，言由霅非爲訪戴，而入蜀乃爲依劉，蓋望援手于蜀中之人也。『高枕』以下，正指閩越江海水國所經歷之事。『智士』四句，公意不滿于處士此行，以爲出于千慮之一失，而稍任曠達，所以百憂付之無心，惟學陶公游于醉鄉而已，托于微詞以諷之也。

【校勘】

〔一〕西：蜀刻本、書棚本作『兩』。

〔二〕惲：原作『渾』，據下《送客歸吴興》詩注改。

宣城贈蕭兵曹

桂檝謫湘渚，三年波上春。舟寒剡溪雪，衣破洛城塵。客道耻摇尾，皇恩寬犯鱗。花時去國遠，月夕上樓頻。貪酒不辭病，傭書非爲貧。行吟值漁父，坐隱對樵人。紫陌罷雙轍，碧潭窮一綸。高歌更南去，烟水是通津。

評：放而不怨。

剡溪。《廣輿記》：『紹興府嵊縣有剡山，秦始皇東游時，鑿此以泄王氣，遂有剡溪。王子猷由山陰雪夜訪戴逵，即其地也。』詳見上。此特以『雪』字引用。

漁父。陶淵明《桃花源記》：『晉太元中，武陵人捕魚爲業。溪行，忘路之遠近，忽逢桃花，夾岸數百步，中無雜木。漁人異之，尋路，見黄髮垂髫，問之，皆避秦人也。問今是何代，不知有漢，無論晉魏。既白太守，往尋之，竟迷不得路。』

樵人。《述異記》：『信安郡有石室山，晉時王質伐木至此，見童子數人棋而歌，質因聽之。童子以一物與質，如棗核，質含之，不覺飢餓。頃，童子謂曰：「何不去？」質起視，斧柯盡爛。既歸，無復時人。』

蕭兵曹蓋以罪謫官于宣城者，于此三年矣，曰『湘渚』，以屈原之湘江比宣城也。『舟寒』『衣破』，寫其貧況，所以然者，以兵曹傲骨客道，耻爲摇尾之乞，而皇恩但止寬其犯鱗之罪也。然兵曹雖處困頓，猶能以花月消遣，『花時』以下，歷序其在宣城看花、看月、飲酒、工書、行吟、坐隱，浮沉于此，三年之間，竟如一日。紫陌之雙轍絶無復響，而碧潭之一綸任其流連。『高歌更南去』，持竿長往，『烟水是通津』，言不以長安道上碌碌車塵馬迹爲通津也。

秋夕宴李侍御宅

公子徵詞客，秋堂遞玉杯。月高羅幕卷，風度錦屏開。鳳管添簧品，鵾弦促柱哀。轉喉雲旋合，《垂手》露徐來。燭换三條燼，香銷十炷灰。蛩聲聞鼓歇，螢焰觸簾回。廣檻烟分柳，空庭露積苔。解醒須滿酌，應爲撥新醅。

評：不可畏也，伊可懷。

鵾弦。《風俗通》：『箏，秦聲，用鵾鷄筋爲弦。』李長吉詩：『長刀直立割鷄箏。』《垂手》。舞名，有《大垂手》《小垂手》。梁吴均曲『《垂手》忽迢迢，飛燕掌中嬌』，又『且復《小垂手》，廣袖拂紅塵』。

賦公子以文字之飲，秋時宴賞。『月高』以下，歷歷鋪叙其風物、器具、管弦、歌舞之盛，以及燈燭、爐香、蛩聲、螢火、烟柳、露臺一切景物之細，而終之以滿酌新醅爲樂。應制當行，華贍匀稱，如是足矣。

晨自竹徑至龍興寺崇隱上人院

佛寺通南徑，僧堂倚北坡。藤陰迷晚竹，苔滑仰晴莎。病憶春前別，閑宜雨後過。石横聞水遠，林缺見山多。欲結三天社，初降十地魔。素龍來有窟，靈鶴去無窠。客路隨萍梗，鄉園失薜蘿。禪心如可學，不藉魯陽戈。

三天。《真人傳》：『太真：「我所服太和自然龍胎之醴〔一〕，適所授三天真人，不可以教始學者。」』三天，注謂一清微，二禹餘，三大赤也。

十地。《華嚴經》：『十地菩薩，第一歡喜地，證聖位故；第二離垢地，身心清净；第三發光地，智已生明；第四焰慧地，妙解廓照；第五現前地，通達真俗；第六難勝地，功行超越；第七遠行地，隨方應化；第八不動地，忍智自如；第九善慧地，通力自在；第十法雲地，大智圓明。』

魯陽戈。魯陽公與韓酣戰，及暮，揮戈，日返三舍。

先叙龍興寺，『藤陰』『苔滑』，寫路徑清幽，自竹徑至寺。『病憶』二句，叙與上人別久而宜過晤。『石横』二句，自寺至院路徑所見。『欲結』以下寫上人道行之高，末寫己與上人交好之意，曰『不藉魯陽戈』，言時日未晚也。

【校勘】

〔一〕 醴：原作『醴』，據《太平廣記》卷五七引《神仙傳》改。

歲暮自廣江至新興往復中題峽山寺四首

夜醉晨方醒，孤吟恐失群。海鰌潮上見，江鴞霧中聞。未臘梅先實，經冬草自薰。樹隨山崦合，泉到石稜分。虎迹空林雨，猿聲絶嶺雲。蕭蕭異鄉鬢，明月〔一〕共絲棼。

薄暮緣西峽，停橈一訪僧。鷺巢横卧柳，猿飲倒垂藤。水曲岩千疊，雲重樹百層。山風寒殿磬，溪雨夜船燈。灘漲危槎没，泉衝怪石崩。中臺一襟淚，歲杪〔二〕别良朋。

密樹分蒼壁，長溪抱碧岑。海風聞鶴遠，潭日見魚深。松蓋環清韻，榕根架緑陰。洞丁多斵〔三〕石，蠻女半淘金。南浦驚春至，西樓送月沉。江流不過嶺，何處寄歸心。

月在行人起，千峰復萬峰。海虚争翡翠，溪邐鬥芙蓉。古木高生斛，陰池滿種松。火探深洞燕，香送遠潭龍。藍塢寒先燒，禾堂晚并舂。更投何處宿，西峽隔雲鐘。

峽山寺。《廣輿記》：『廣州府清遠縣有峽山，一名中宿峽〔四〕。崇山峻立，中貫江流。舊傳黄帝二少子隱此，因號二禺山。梁時，峽有二神人，化爲方士，往舒州延祚寺，夜扣真峻禪師曰：「峽據清遠上游，建一道場，足標勝概，師許之乎？」峻諾。中夜，風雨大作。遲明啓户，佛殿、寶像已神運至此山矣。師乃坐語偈曰：「此殿飛來，何不回去？」忽聞空中語曰：「動不如静。」因賜額「飛來寺」。』

海鰌。長者亘百餘里，牡蠣聚族其背，曠歲之積，崇十丈許，負以游。鰌背平水，則牡蠣峍屼水面如山矣。

此公于廣州新興峽山寺往復紀事之什。第一首，寫在廣江經時見聞所歷之事。『夜醉』二句，寫情緒無聊，孤吟而恐失群，以吟托興，惟恐其少，所以有此四首之故。『海鰌』以下，歷叙此地水族之物則有若鰌、若鴞，草木之物則有若先實之梅、不凋之草，山水則有如山間之樹、石上之泉，畜類則有空林之虎、絶嶺之猿，見得蠻鄉瘴厲非時，起居不適，所以易于衰老。『蕭蕭異鄉鬢，明月共絲棼』，職是故耳。

第二首，寫題峽山寺之由。『薄暮』二句，叙其時來峽，意在訪僧，而途中所歷，一一可述，鷺巢卧柳，猿飲攀藤，見山水之清幽。『水曲』二句，一頂卧柳，一頂垂藤。『山風』句，寫寺中溪雨，寫舟中灘漲，二句仍寫途中。『中臺一襟淚』，與寺僧之相熟者寒温已畢，而又言别也。

第三首，隨意寫途中所閲。『密樹分蒼壁』，『分』字妙，見壁之高闊；『長溪抱碧岑』，『抱』字妙，見溪之灣曲。風自海來，而鶴唳愈覺其遠；日從潭下，而魚潛愈覺其深。『松蓋』，青松如蓋，風著松而其聲環繞成清韻也。『榕根』，榕樹露根出土上，而玲瓏支架，接上緑蔭也。洞丁取礦，故曰『斷石』，蠻女淘沙，故曰『淘金』。『南浦』『西樓』，皆廣江、新興寓居之地，歷時許久，豈無歸心？而其如江流之不能過嶺何也！

第四首，亦寫途中所見聞之事。月在而人先起，蓋以舟行在兩山之中，奇峰相接，貪看千峰萬峰而不能成寐也。海墟則人人争取翡翠，溪邏則家家遍植芙蓉。木上而復生槲，則益覺其高；池邊而滿種松，則盡成其陰。燕藏于洞，非火不能見，故以火探；龍在於潭，而涎流于潭上，故遠聞其香。藍塢方寒而先燒，禾堂以晚而并春，先燒，恐遲則易藏虎豹，并春，聚衆而春。『更投』二句，言今日又行一日，從月在時行至此際，其庶幾西峽之寺乎？隔雲之鐘儼然在耳矣。

【校勘】

〔一〕月：蜀刻本、書棚本作『日』。

〔二〕杪：原作『抄』，據蜀刻本、書棚本改。

〔三〕斷：蜀刻本、書棚本作『斲』。

〔四〕峽：上原有『山』字，據《廣輿記》卷二六删。

南海使院對菊懷丁卯別墅

何處曾移菊，溪橋鶴嶺東。籬疏還有艷，園小亦無叢。日晚秋烟裏，星繁曉露中。影摇金澗水，香染玉潭風。罷酒慚陶令，題詩答謝公。朝來數花發，身在尉佗宫。

丁卯橋。在京口運河道中，屬丹徒、丹陽交界處。

鶴嶺。《廣輿記》：『廣州府連州有白鶴山，陳真人丹成，騎鶴去，故名。』

罷酒。淵明有《止酒》詩。

謝公。《宋書》：『謝靈運爲永嘉太守，郡有名山水，恣意遨游。』今《靈運集》有《登郡東山望海》詩，謂南海使也。

尉佗〔一〕宫。廣州係南越王地，現有朝臺故址。

首二句叙花之來處，隱然結根于仙家。『籬疏』以下，寫菊之地、之時、之影、之氣，無不摹寫盡致。『罷酒』四句，又言對菊之人，罷酒有慚陶之高尚，題詩聊答謝之風流，陶謂己，謝謂南海守。朝來看花發，但嫌身在尉佗宫，而不能在丁卯别墅也。

【校勘】

〔一〕佗：原作『陀』，據詩文改。下同。

和李相國并序

蒙賓客李相國見示和宣武盧僕射以吏部高尚書自江南赴闕貺大梨、白鷴，因贈五言六韻攀和。

巨實珍吴果，馴雛重越禽。摘來漁浦上，携在兔園陰。霜合凝丹頰，風披歛素襟。刀分瓊液散，籠蔽雪華深。虎帳齋中設，龍樓洛下吟。含消兼受彩，應貴家鄉心〔一〕。

虎帳。謂僕射。

龍樓。謂賓客。

含消。廣安州産紫梨，入口即化。

受彩。《禮記》：『甘受和，白受彩。』蓋指白鷴。

首二句將梨、白鷴并提起：梨非南果，而高尚書以江南赴闕貺之，故稱『吴果』；白鷴産閩、粤、百越之地，故云『越禽』。『摘來』句頂果，『携在』句頂禽。『霜合』句屬梨，『風披』句屬白鷴。『刀分』句頂梨，『籠蔽』句頂白鷴。『虎帳』句屬盧宣武，『龍樓』句屬李賓客。『含消』句，總合二物。末句字誤，未詳。

【校勘】

〔一〕應貴家鄉心：原校『句疑有誤』。『家鄉』，蜀刻本、書棚本作『家卿』。

陪少師李相國崔賓客宴居守狄僕射〔一〕

池色似瀟湘，仙舟日正長。燕飛驚蛺蝶，魚戲動鴛鴦。雲聚歌初轉，風回舞欲翔。暖醅松葉嫩，寒粥杏花香。羅綺留春色，笙竽送晚光。何須明月夜，紅燭在華堂。

雲聚。《列子》：『秦青撫節悲歌，聲振林木，響遏行雲。』

風回。宋玉《神女賦》『飄飄兮若流風之回雲』，又杜詩云『急雪舞回風』，言舞態之回翔也。

松葉。以松葉釀酒，名松醪春。

寒粥。《玉燭寶典》：『寒食，今人悉爲大麥粥，研杏仁爲酪，引湯沃之，爲餳粥。』孫楚《祭介之推》文云『麥飯一盤、醴酪二盂』，即其事也。

此即景而賦宴筵之事。首四句叙舟集池邊，正值春景融和之際，燕驚蛺蝶，魚戲鴛鴦，美景良辰，恰宜宴飲矣。『雲聚』以下，正叙其歌聲之妙，舞態之佳，酒撥松醅，粥調杏酪，綺羅與春色争鮮，笙竽以長日未盡。『明月』二句，又以卜夜永其燕飫也。玩詩意，在寒食水邊張樂之戲，寫得細膩。

【校勘】

〔一〕僕射：蜀刻本、書棚本下有『池亭』二字。

泛五雲溪

此溪何處路，遥問白髯翁。佛廟千岩裹，人家一島中。魚傾荷葉露，蟬噪柳林風。急瀨鳴車軸，微波漾釣筒。石苔縈棹緑，山果拂舟紅。更就前溪宿，村橋與剡通。

此賦溪景之美。只首二句，儼然有天台、桃源景象在十字中。接出『佛廟』云云，且行且看，有領略無盡意，有應接不暇意。至末云『更就前溪宿』，是盡一日之舟行，而溪山勝境，猶未能窮，入村橋而夜宿，更卜明朝，以圖盡興也。此五雲未詳何在，玩『溪橋與剡通』，當在越中。

五言古體

寄郴〔一〕州李相公

高樓王與謝，逸韻比南金。不遇銷憂日，埃塵誰復尋。曠懷淡得喪，失意縱登臨。彩檻浮雲迥，綺窗明月深。虬龍壓滄海，鴛鸞思鄧林。青雲傷國器，白髮軫鄉心。功高恩自洽，道直謗徒侵。應笑靈均恨，江畔獨行吟。

靈均。屈大夫字。《離騷》：『名余曰正則兮，字余曰靈均。』

此公賦李相公之曠達能忘得喪也。高門齊于王謝，而逸韻重于南金，二句詠其品。『不遇』二句落下，言不遇銷憂之日，則已出于埃塵之中，猶言苟得意，則已飄然物外也。下正言其實，惟其曠懷淡于得喪，所以失意而縱于登臨，『彩檻』『綺窗』，優游自適，『虬龍』『鴛鸞』，在淵在林，以國器而不能致身青雲，以鄉心而軫念于白髮。向者在朝功高矣，恩自洽于下，而今日實以直道之故而致謗徒侵，然相公之心怡然也。靈均之心不免怨望，所以江畔行吟，而相公之心猶應笑其恨之不平也。

【校勘】

〔一〕郴：原作『彬』，據蜀刻本改。

江上晏别

雲物如故鄉，山川異岐路。年來未歸客，馬上春欲暮。一樽花下酒，殘日水西樹。不待管弦終，摇鞭背花去。

此與人晏别而自寫懷也。雲物無異于故鄉，而山川則各分于岐路，言欲别之人其所去之鄉與己不同路也。既不同路，則何爲怦怦心動？蓋以年來未歸客，日復一日望故鄉之雲物而渺然，今者又是春欲暮時，依然馬上送人，不能自作歸客，能無意乎？『一樽花下酒』，燕别也；『殘日水西樹』，别客之路也。『不待管弦』云云，言客去匆匆，不待終席，寫目送歸人，有無限羡客自憐之思。

丁卯集箋注卷之二

五言律

王居士

筇杖倚柴關，都城賣卜還。雨中耕白水，雲外斸青山。有藥身長健，無機性自閑。即應生羽翼，華表在人間。

評：軒豁之性，在其毫端見之。

賣卜。嚴遵，字君平，臨邛人，賣卜于成都市，教人忠孝。

華表。干寶《搜神記》：『遼東城門有華表柱，忽一日，有白鶴集柱頭，時有少年舉弓欲射之，鶴乃飛起，徘徊空中而言曰：「有鳥有鳥丁令威，去家千年今來歸。城郭如故人民非，何不學仙冢壘壘？」遂高上冲天而去。』

此賦王之高隱也。『倚柴關』，是居士杜户不出也，而曰『賣卜還』，則前此未嘗不在都城，而今始成其高隱。『雨耕』『雲斸』『有藥』『無機』，便是神仙境界，即應同令威羽化也，蓋贊而羡之之辭。

早秋三首

遥夜泛青瑟，西風生翠蘿。殘螢委玉露，早雁拂金河。高樹曉還密，遠山晴更多。淮南一葉下，自覺老烟波。

金河。即單于川，在雲中。杜氏《通典》注有『金河上承紫河，下[一]及象水，又南流入河』。

此公感時而賦。三首各有一意，第一首全賦時景，第二首全賦己身，第三首半賦時景，半賦己身。維時秋信已至，西風送涼，夜漸添更，泛青瑟以消閑，覺翠蘿之風透。玉露滋而殘螢漸委，金河迥而早雁已過。高樹之葉雖殞，而曉烟縈之，則猶覺其密；遠山之形盡露，而晴光照之，則愈覺其多。凡兹秋景，盡在目前。感時序之易邁，嘆浮生之幾何，嗟乎！自計此身，淮南一葉，老冉冉矣，其殆將以烟波終老耶！『一葉下』，是早秋，蓋驚心于秋節復至，而自覺老于烟波也。

一[二]葉下前墀，淮南人已悲。蹉跎青漢望，迢遞白雲期。老信相如渴，貧憂曼倩饑。生公與園吏，何處是吾師？

相如。《漢書》：『司馬相如居茂陵，有消渴疾。』

曼倩。東方朔字。《漢書》：『侏儒飽欲死，臣朔饑欲死。』

生公。《十道四番志》：『生公，異僧竺道僧也。講經于虎邱，人無信者，乃聚石爲人，講畢，石爲點頭。』

園吏。莊生爲漆園吏。漆園，今在歸德府城南小蒙城内。

此首即承上首『一葉』來，言此一葉已下前墀，人生大概皆如此一葉耳，淮南之人能不悲耶？蹉跎至今，猶望清漢之上，迢遞無盡，未踐白雲之期，老矣同相如之渴病，貧哉若曼倩之長饑，將爲生公乎？將爲園吏乎？吾將何處爲師也？

薊北雁猶遠，淮南人已悲。殘桃間墮井，新菊亦侵籬。書劍豈相誤，琴樽聊自持。西齋風雨夜，更有詠貧詩。

此首又另起一調，總由心境抑鬱無聊，所悲者不一而足，所以又申『淮南人已悲』之句。早秋之時，薊北之雁猶遠，而淮南之人已悲矣。殘桃墮井，新菊侵籬，時景之可悲也。『書劍豈相誤，琴樽聊自持』，此己身之可悲也。『西齋風雨夜，更有詠貧詩』二句，結盡三首，皆詠貧之詩也。

【校勘】

〔一〕下：《通典》卷一七九無此字。

〔二〕一：原闕，據蜀刻本、書棚本補。

洛東蘭若夜歸

一衲老禪床，吾生半異鄉。管弦愁裏老，書劍夢中忙。鳥急山初暝，蟬稀樹正凉。又歸何處去？塵路月蒼蒼。

蘭若。《華嚴經》：『願一切衆生常安居止阿蘭若處，寂靜不動。』《釋氏要覽》云：『梵言阿蘭若，此言空寂。』後人以蘭若名静室。

此公在蘭若歸途口占寫懷也。時公客居洛東，曰吾生如一衲，老于禪床，而强半在異鄉。于是非無管弦，聞之而愁，每管弦必愁，是『愁裏老』也；亦有書劍，帶之而忙，無所往而不忙，即夢中亦忙也。而今從蘭若歸時，見山初暝而鳥歸愈急，樹正凉而蟬聲已稀，而我又歸何處去耶？『塵路月蒼蒼』，是夜色，亦是茫〔一〕然無所歸之光景。

【校勘】

〔一〕茫：原作『芒』，據文意改。

送段覺歸杜曲閑居

書劍南歸去，山扉别幾年。苔侵岩下路，果落洞中泉。紅葉高齋雨，青蘿曲檻烟。寧知遠游客，羸馬太行前。

評：歸隱動情。

太行山。在今山西澤州城及平陽府絳縣，跨河南漳德府林縣、衛輝府輝縣、懷慶府城北，綿亘千里，爲河北脊。

此爲段覺閑居之樂而賦以送其歸也。首言「南歸去」，次即倒出從前别去幾年，以致苔侵果落，而今歸去，重理岩泉，享閑居之樂。紅葉之雨、青蘿之烟，領略不盡，與「苔侵」「果落」兩兩照映，有未歸時無限蕭索，愈見得既歸後受用不盡。末復以遠游客不歸之勞苦比照出閑居之樂來。無一字不玲瓏，無一句不跳脱。

寄天鄉寺仲儀上人富春孫處士

詩僧與釣翁，千里兩情通。雲帶雁門雪，水連漁浦風。心期榮辱外，名挂是非中。歲晚亦歸去，田園清洛東。

富春山。在今浙江嚴州府桐廬縣，江名桐江，在其下，嚴子陵釣臺在焉。

此寄上人與處士二人。首句并唤起次句，將二人合并一句。『雲帶』二句，分開二人兩處。『心期』二句，又合并二人。兩句結以自己，用一『亦』字搀入，輕逸！

寄契盈上人

何處是西林，疏鐘復遠砧。雁來秋水闊，鴉盡夕陽沉。婚嫁乖前志，功名異夙心。湯師不可問，江上碧雲深。

評：道侶動情。

西林。《高僧傳》：『晉沙門惠永在西林，與慧遠同門游好，遂邀同止。刺史桓伊以兩僧同住西林，學徒日衆，更爲建東林寺以居。』慧遠比盛西林。

湯師。即惠休。《南史》：『沙門惠休善屬文，孝武帝命還俗，族姓湯，位至揚州從事史。』

此寄僧言近况也。『何處』二字，一唤，『不可問』三字，一答，中間以『疏鐘』『遠砧』一層寫上人在若近若遠之間，復以『雁來』『鴉盡』一層寫上人于起居晨昏之際。而告之以己身之俗緣未了，日復一日，入道無期。然則雖有湯休，無怪其離遠于碧雲深處也。

晨起二首

桂樹緑層層，風微烟露凝。檐楹銜落月，幃幌耿殘燈。蘄簟曙香冷，越瓶秋水澄。心閑即無事，何異住山僧。

此公自寫閑逸之趣以明志也。晨興，見烟露未散，凝于桂樹，層層緑蔭，曉色可愛。恍見檐銜落月，幃耿殘燈，簟留曙香，瓶澄秋水，一種朝來爽氣，沁入心脾。心閑無事，無異山僧，境人共静，心迹雙清，可發微會。『銜』字、『耿』字、『冷』字、『澄』字，字字體察入妙。

殘月皓烟露，掩門深竹齋。水蟲鳴曲檻，山鳥下空階。清鏡曉看髮，素琴秋寄懷。因知北窗客，日與世情乖。

二首又申前首未盡之趣。上言檐楹落月，風微露凝，此景留于心中目下，不覺長言而復吟之。掩門繞竹，俯仰徘徊，聽水蛩之争鳴，看山鳥之上下，對鏡而看髮，撫琴以寄懷，因恍然自悟，此境之與我相得，與世相乖久矣，其長爲北窗之客，掩門謝世可也。

曉發鄞江北渡寄崔韓二先輩

南北信多岐，生涯半別離。地窮山盡處，江泛水寒時。露曉蒹葭重，霜晴橘柚垂。無勞促回檝，千里有心期。

此公將行役而寄友以通信也。首、末四句相呼應，言向來相訂之信往往多岐，彼此俱常作客，生涯半在別離，此時又向鄞江北渡也。『地窮山盡』，蓋鄞江以上皆山，而至此已盡；鄞江以下皆水，故曰『江泛水寒時』也。『露曉』云云，寫曉發。『無勞』二句與首句應，正明『信多岐』之謂，言向者訂于南相晤，須待回檝，而今我亦北來，則無勞問回檝而促之，竟待我來，雖千里之遥，亦有心期待也。

盈上人

月沉霜已凝，無夢竟寒燈。寄世何殊客，脩身未到僧。二毛梳上雪，雙淚枕前冰。借問曹溪路，山多樹幾層。

評：反身動念，不可以應酬目之。

二毛。《左傳》：『不禽二毛。』謂頒白也。

曹溪。曹溪慧能爲六祖，後傳大鑒禪師，今南華寺是也。

此公與盈上人言所見以相證也。『月沉』句寫其時，『無夢』句寫其意，言因不寐而竟夜以思，恍悟于此身如客，但修身尚未到僧耳。『二毛』句言年已老，『雙淚』句言境不佳，『借問』二句，言欲問曹溪而出世，但苦山多樹隔，故暫未能來也。

廣陵道中

城勢已坡陀，城邊東逝波。緑桑非苑樹，青草是宫莎。山暝牛羊少，水寒鳧雁多。因高一回首，還詠《黍離》歌。

廣陵。今揚州江都縣地。《隋書》：『大業中，發民十萬，開邗溝入江。自長安至江都，置離宫四十餘所，以待游幸。』

《黍離》。《詩》：『彼黍離離，彼稷之苗。行邁靡靡，中心摇摇。』注：『周既東遷，大夫行役過故都，而嘆其宗廟宫室之邱墟一至於此也。』

此公在廣陵而感懷故宫也。曰『已坡陀』，則城之古可知，然此城不過築于隋煬，未久也。曰『東逝波』，則去而不返，便增幾多感慨矣。『緑桑』四句，皆目中所見而心中所悲者，夫非昔之所爲錦綉蕪城耶？而因高回首，《黍離》之歌不能自已，可傷也矣！

宿開元寺樓

誰家歌裊裊，孤枕在西樓。竹色寒清簟，松香染翠幬。月移珠殿曉，風遞玉箏秋。日出應移棹，三湘萬里愁。

開元寺。見前《冬日宣城》詩注。

玉箏。杜工部詩：『風箏吹玉柱。』宋郭知達本注：『挂箏于風際，風至則鳴也。』又袁淑《正情賦》：『陳玉柱之鳴箏。』

此寫開元寺晚景也。聞歌聲而孤枕爲之不寐，因覺簟寒竹色，幬染松香，珠殿月移，玉箏風遞，蕭寺清凄，愁腸九轉而不能已也。明朝日出，且將移棹三湘，不且有萬里之愁相續哉！

友人自荊襄歸江東 原注：新喪其偶。

商洛轉江濆，一杯聊送君。劍愁龍失伴，琴怨鶴離群。楚驛枕秋水，湘帆凌暮雲。猿聲斷腸處，應向雨中聞。

劍愁。見『雷焕』注下。

琴怨。琴怨斷弦。《琴譜》有《別鶴引》。

此送友人而哀其失偶也。自商洛而歸荆湘，以一杯送君，而君當失偶之後，龍失伴而鶴離群，挂湘帆而經楚驛，聞啼猿之斷腸，值凄風與苦雨，其何以堪此哉！

送同年崔先輩

西風帆勢輕，南浦遍離情。菊艷含秋水，荷花遮雨聲。扣舷灘鳥没，移棹草蟲鳴。更憶前年别，槐花滿鳳城。

鳳城。長安城勢其形似鳳，故名。

此叙别離之情也。首句只『帆勢輕』三字，寫盡目送行人遠致，所以接『南浦遍離情』句，菊、荷、蟲、鳥，無一不具一離情于南浦之畔，故曰『遍』。更憶前年同赴舉時，槐花滿鳳城，倒溯前番之别，以襯此時，極有情致。

孤雁

昔年雙頡頏，池上靄春暉。霄漢力猶怯，稻粱〔一〕心已違。蘆洲寒獨宿，榆塞夜孤飛。不及營巢燕，西風相逐〔二〕歸。

此詠孤雁而寄慨也。首二句追溯未孤之時。『霄漢』二句言不能高飛，而志已不在食。『蘆洲』二句言此時居然孤雁，非復春暉矣。『不及』云云，正慨其不及燕之雙雙而歸，反襯出孤意。

【校勘】

〔一〕粱：原作『梁』，據蜀刻本、書棚本改。

〔二〕逐：原校『一作伴』。

寓懷

南國浣紗伴，盈盈天下姝。盤金明綉帶，動佩響羅襦。素手怨瑶瑟，清心悲玉壺。春華坐銷落，未忍泣蘼蕪。

蘼蕪。古詩：『上山采蘼蕪，下山逢故夫。』

此公賦美人以自況也。『浣紗伴』『天下姝』，天質出群。『盤金』『動佩』，修飾文采。手摻瑶瑟，心映玉壺，調高志潔，然而有怨且悲者，嘆年華之易逝，念故夫之難違。寫真士不遇之情，可謂怨悱而不亂。

洛中游眺貽同志

康衢一望通，河洛正天中。樓勢排高鳳，橋形架斷虹。遠山晴帶雪，寒水晚多風。幾日還携手，鳥鳴花滿宮。

此詠洛中時景以見志也。洛陽爲天下之中，樓形擬鳳，橋勢垂虹，壯麗可望；遠山帶雪，寒水多風，山水可望，皆以一『望』得之。『幾日』云云，言豈特望之，豈特一望之而已哉！且當携手游行，積日盡興，以領花鳥之趣也。想爾時方冬盡初春，故句中有『帶雪』『寒水』等字，至于『鳥鳴花滿』，則在鶯花世界也。

夏日戲題郭別駕東堂

微風起畫鸞，金翠暗珊珊。晚樹垂朱實，春篁露粉竿。散香蘄簟滑，沉水越瓶寒。猶恐何郎熱，冰生白玉盤。

評：心地頓涼。

何郎熱。《語林》：『何平叔美姿儀，面純白。魏文帝疑其傅粉，夏月以湯餅食之，汗出，以朱衣拭之，面色皎然，乃始信其非粉也。』稱『傅粉何郎』本此。

此題畫也，郭別駕東堂懸畫鸞一幅，而公題詠之。微風方起，而畫鸞之上，已覺金翠珊珊，如有聲也。樹垂朱實，篁露粉竿，如生物也。且東堂羅列他物稱是，若蘄簟，若越爐，散香沉水，絕無憂意，炎熱全消。而猶恐何郎之熱，復置冰盤焉。何郎指別駕，以其風儀不減平叔戲之。

長安旅夜

久客怨長夜，西風吹雁聲。雲移河漢淺，月泛露華清。掩瑟獨凝思，緩歌空寄情。門前有歸路，迢遞洛陽城。

評：旅情[一]描盡。

此寫旅情也。以長夜而加久客，又值西風，又聞雁聲，又見雲移，又見月泛，誠何以堪！掩瑟凝思，緩歌寄情，無聊之極。搔首思家，歸路迢遞，情所必至已。

【校勘】

〔一〕情：崇禎本作『思』。

鸂鶒

池寒柳復凋，獨宿夜迢迢。雨頂冠應冷，風毛劍欲飄。故巢迷碧水，舊侶越丹霄。不是無歸路，心高多寂寥。

評：況意高。

此詠水禽而寓自憐之意。當池寒柳凋之際，而獨宿于此，雨頂風毛，漂摇凄苦，故巢迷失，舊侶飛騰，非無歸路，甘此栖遲。只爲心高，自多寂寥耳。公之寄托，高山仰止，不可及已。

懿安皇太后挽歌詞

陵前春不盡，陵下夜何窮。未信金蠶老，先驚玉燕空。帨〔一〕移蘭殿月，笳引柏城風。自此隨龍馭，喬山翠靄中。

金蠶、玉燕。任昉《述異記》：『闔閭夫人墓中，週回八里，别館洞房，迤邐相屬，漆燈照爛，如日月焉。尤異者，金蠶、玉燕，各千餘雙。』蓋殉葬之秘器也。

龍馭。見『鼎湖』下。

此哀挽皇太后之詩，亦隨常應制，無甚頌揚，想太后亦無成有終，坤道用晦故也。首二句寫陵外，『未信』二句寫陵内，皆有闕閤〔二〕。『帨移』二句寫哀意，末二句結出山陵永久之意。『金蠶』二句，一句寫陵中，從《述異記》中故實，一句寫宫中，當從釵頭雙玉燕故實，非秘器中玉燕也，不然，則『先驚』字、『空』字俱無著矣。

【校勘】

〔一〕帨：蜀刻本、書棚本作『挽』。

〔二〕闕閤：疑爲『闈閤』之誤。

示弟

自爾出門去，淚痕長滿衣。家貧爲客早，路遠得書稀。文字何人賞，烟波幾日歸。秋風正摇落，孤雁又南飛。

此公于弟之行役而寫其相憐之意也。首二句領起淚所由來之故，在『家貧』『路遠』，緣家貧而致汝早年爲客，緣家貧而致汝遠行，因路遠而致書稀，因書稀而致文字無人賞。然則何時始歸乎？只見秋風摇落，孤雁南飛，淚痕安得不沾衣也。友于之誼，藹然惻然，不堪卒讀。

送湯處士友〔一〕初卜居曲江

雁門歸去遠，垂老脱袈裟。蕭寺休爲客，曹溪便寄家。緑琪千歲樹，黄槿四時花。别怨應無限，門前桂水斜。

處士非僧也，而曰『脱袈裟』，蓋處士服習禪學，故云『曹溪』『蕭寺』俱由此。因雁門遠而卜居于曲江以老，『緑琪』『黄槿』，皆祝其久于世間。『别怨』二句，點還『送』字意。

【校勘】

〔一〕友：蜀刻本、書棚本作『反』，是。

發靈溪館

山多水不窮，一葉似漁翁。鳥浴寒潭雨，猿吟暮嶺風。雜英垂錦綉，衆籟合絲桐。應有曹溪路，千岩萬壑中。

此寫溪山路徑中不盡之景。首句『多』字、『不窮』字，將通首喚起。『鳥浴』『猿吟』『雜英』『衆籟』皆在一葉舟中所見之景，寫得令人不盡其領略意，總是『多』與『不窮』之故。結句『千岩萬壑中』，則意其更有進焉，而所爲『多』與『不窮』者，不知又當何如也。

題杜居士

松偃石床平，何人識姓名。溪冰寒棹響，岩雪夜窗明。機静心猿伏，神閑意馬行。應知此來客，身世兩無情。

此極賞杜居士之清尚也。偃仰松石之間，姓名不令人知，棹響溪冰，窗明岩雪，心猿機静，意馬神閑，儼然有身世兩忘之意。然則來此之客，其性情必與居士相同也。『此來客』與『何人』呼應得靈動，通首皆一片空明矣。

神女祠

停車祀聖女，凉葉下陰風。龍氣石床濕，鳥聲山廟空。長眉留桂緑，丹臉寄蓮紅。莫學陽臺伴〔一〕，朝雲暮雨中。

陽臺。宋玉《高唐賦》：『昔者先王嘗游於高唐，怠而晝寢，夢見一婦人曰：「妾巫山之女也，爲高唐之客。君游高唐，願薦枕席。」王幸之而去。辭曰：「妾在巫山之陽，高唐之阻。旦爲朝雲，暮爲行雨。朝朝暮暮，陽臺之下。」旦日視之，如其言，乃爲立廟，號爲朝雲。』

此寫神女祠景而致其憑依之望也。停車致祀，恍然神女之來臨，葉下陰風，洋洋如在環顧。祠中則石床之濕，因龍氣也；山廟之空，止鳥聲也。桂樹緑也，想神女之長眉；蓮華紅也，想神女之丹臉。然則神女之所憑依，其長在是矣。毋學陽臺之伴朝雲暮雨，而不於是乎栖息。二句意只囑其常在祠中，莫往山頭，意不得以爲戲謔神女。

【校勘】

〔一〕伴：蜀刻本、書棚本作『畔』。

送李定言南游

酒酣輕别恨，酒醒復離憂。遠水應移棹，高峰更上樓。簟涼清露夜，琴響碧天秋。重惜芳樽宴，滿城無舊游。

尋常送别之什，而曰酒酣而忘恨，酒醒而仍憂，惜别之情如此真切，蓋定言爲公同城舊游，此時俱各分散，聚散合離之感，于此一人□其感慨。『遠水』句言其去也，『高峰』句，登樓而目送之也。『簟涼清露』，竟夜無眠也，『琴響碧天』，揮弦撥悶也，此二句正寫『復離憂』之實。蓋以君去之後，凡有芳樽之宴，絶無舊游一人，我獨何心而能輕此别恨哉！

早發中岩寺别契直上人

蒼蒼松桂陰，殘月半西岑。素壁寒燈暗，紅爐夜火深。厨開山鼠散，鐘盡嶺猿吟。行役方如此，逢師懶話心。

評：不落禪習，妙甚！

通首與契直詩話也，而曰『懶話心』，蓋公之心實不在于行役也。『蒼蒼殘月』，寫早發時景。『寒燈』『夜火』『厨開』『鐘盡』，一宿晚景也。行役匆匆如此，豈可令上人見哉！無限心情，何從話起，只此三字中有話不盡意，有話不出意，又有話不得意，只以一『懶』字括之。

行次潼關題驛後軒

飛閣極層臺，終童此路回。山形朝闕去，河勢抱關來。雁過秋風急，蟬鳴宿霧開。生平〔一〕無限意，驅馬任塵埃。

終童。《漢書》：『終軍，字子雲。入關時，關吏授以繻，爲出關符信。軍棄繻曰：「當乘傳以出，安用繻爲？」』軍十八選爲博士弟子，後爲諫議大夫，死時年二十餘，故世謂之『終童』。

此于潼關登臨有感而作。睹山川形勢之壯，則四方之念不覺爲之飛動；感古人志氣之伸，則年歲之邁不覺爲之熱中，此『生平無限意』之所由來也。層臺一望，則山河形勝盡在目前；觸念終童，則雁過蟬鳴不堪荏冉。然則將遂碌碌焉驅馬塵埃中而了此生平也耶？可慨也已！

【校勘】

〔一〕生平：蜀刻本、書棚本作『平生』。

游維山新興寺宿石屏村謝叟家

晚過石屏村，村長日漸曛。僧歸下嶺見，人語隔溪聞。谷響寒耕雪，山明夜燒雲。家家扣銅鼓，欲賽魯將軍。村有魯肅廟。

此寫山村之景紀游也，是古文中記事體。首序過石屏，次寫其時日將曛，次又寫見僧于下嶺，又次寫聞人語于隔溪，又次寫谷間雪，又次寫山間雲，又次寫賽神之鼓，色色寫得細微生動。

送從兄歸隱藍溪二首

名高猶〔一〕素衣〔二〕，窮巷掩荆扉。漸老故人少，久貧豪客稀。塞雲横劍望，山月抱琴歸。幾日藍溪醉，藤花拂釣磯〔三〕。

評：歸隱動情之作，非泛泛者。

京洛多高蓋，憐兄劇斷蓬。身隨一劍老，家入萬山空。夜憶蕭關月，行悲易水風。無人知此意，甘卧白雲中。

燕雁下秋塘，田家自此忙。移蔬通遠水，收果待繁霜。野碓舂粳滑，山厨焙茗香。客來還有酒，隨事宿茅堂。

評：田家慣熟，妙！妙！

前二首寫從兄生平境地、性情遭遇，俱結歸終隱。三首寫藍溪佳勝，以盡終隱之趣。首句唱出『名高』，一句便有下文許多抑鬱牢騷之致在于言下，而以『窮巷』一句承明歸隱，即有許多清高曠達之致在于言下。于是序其年老而故人少，家貧而豪客去，俠氣則托之塞雲，雅操則揮于山月，落出藍溪歸隱以起下。次又寫其向在京洛，他人高蓋，而兄劇斷蓬，以至于今，身隨一劍，家入萬山。身隱之後，回憶昔年蕭關夜月，易水悲風，生平閱歷之事，只堪自喻，更無知己，甘心卧于白雲而已。既醉藍溪而卧白雲，則田家之樂皆可歷歷數之，乘燕雁而春耕，取蔬果以自給，野碓〔四〕舂粳，山厨焙茗，家釀留賓，茅堂宿客，何適而不自得哉！天下極淡泊人，本是極豪邁人方能做得。無前兩首中所叙磊磊落落之襟懷，更安能如此蕭灑也？

【校勘】

〔一〕猶：原校『一作尚』。

〔二〕名高猶素衣：原校『一作氣高身不達』。

〔三〕幾日藍溪醉藤花拂釣磯：原校『一作莫遣藍溪路青苔滿釣磯』。

〔四〕碓：原作『堆』，據詩文改。

思歸

疊嶂平蕪外，依依識舊邦。氣高詩易怨，愁極酒難降。樹暗支公院，山寒謝守窗。殷勤樓下水，幾日到荆江。

八句四層，寫得若斷若續，嵚崎歷落、夭矯離奇之極。疊嶂平蕪之外，約略家鄉可識，應接到末句『荆江』意矣。忽然接出『氣高』云云，明乎怨與愁之在心不能自匿也，怨愁所結，刻刻到荆江矣。又轉出現在身之所托，『支公院』『謝守窗』足可盤桓，而樹暗山寒，令人不耐，計惟有托之樓下水竟到荆江，庶舊邦可到，疊嶂平蕪皆不能阻，然亦務在于幾日，則可殷勤寄語，萬勿遲滯，庶幾哉怨愁可以少慰也。曲折至此。題之『思歸』，詩之詠思歸，詩以思曲也，此與杜工部《撥悶》詩『聞道雲安麴米春』之句一樣筆墨也。

晚泊七里灘

天晚日沉沉，歸舟繫緑〔一〕陰。江村平見寺，山郭遠聞砧。樹密猿聲響，波澄雁影深。榮華暫時事，誰識子陵心。

七里灘。顧野王《輿地志》：『七里瀨，在江陽〔二〕江下，與嚴陵瀨相接，在嚴州府桐廬縣南，有嚴子陵釣魚處。今山邊有石，上平，下坐十餘人，名嚴子陵釣臺。』

此詩以平淡勝。天晚沉沉，歸舟繫樹，近于江村，遠于山郭，樹裏聞猿，波中見雁，晚泊一時景象。地在七里灘，舟是歸家，隱然合于子陵之心，故云。

【校勘】

〔一〕緑：蜀刻本、書棚本作『柳』。

〔二〕江陽：《後漢書》卷八三《逸民・嚴光傳》李賢注引《輿地志》作『東陽』。

寄題商洛王隱居

近逢商洛客，知爾住南塘。草閣平春水，柴門掩夕陽。隨蜂收野蜜，尋麝采生香。更憶前年醉，松花滿石床。

評：隱居多樂事。

題是『商洛王隱居』五字，詩只添得『近逢』『知爾』四字，此四字雖止在二句，而其實已完却一首。『草閣』四句是南塘景物，住南塘人實事，總在『知爾』二字中貫下，此近逢商洛客而知之者也，若前年，則商洛客所不知，而我更憶之。只此數字，寫得通首篏空玲瓏，寫得隱居飄飄欲仙矣。

晨裝

帶月飯行旅〔一〕，西游闗塞長。晨鷄鳴遠戍，宿雁起寒塘。雲卷四山雪，風凝千樹霜。誰家游俠子，沉醉卧蘭堂。

不過寫尋常旅況，猶之『鷄聲茅店月，人迹板橋霜』之句耳，而結以『誰家游俠子』二句，遂使上六句三十字字字酸楚。

【校勘】

〔一〕旅：蜀刻本、書棚本作『侶』。

題韋隱居西齋

斸藥去還歸，家人半掩扉。山風藤子落，溪雨〔一〕豆花肥。寺遠僧來少，橋危客過稀。不聞砧杵動〔二〕，應解製荷衣。

評：有幽思，有静致。

荷衣。《離騷》：『製芰荷以爲衣，縫薜荔以爲裳。』

此題西齋也，實寫韋隱居。隱居斸藥去，不在西齋，而半掩扉，則人可入，入門之後，坐待其歸。閑寫一路來時景象，無異桃源，隱居擇里而得此地，高雅極矣。坐之久久，寂無所聞，因恍然于隱居之生平，真解製荷衣者也。

【校勘】

〔一〕雨：蜀刻本、書棚本作『水』。

〔二〕動：原校『一作響』。

送李瞑秀才西行

萬里不辭勞，寒裝疊緼袍。停車山店雨，挂席海門濤。鷹勢暮偏急，鶴聲秋更高。知君北邙路，留劍泣黄蒿。

評：送行詩，難慷爽。

寫得李秀才絶非兔園中人物，竟成一湖海之士，只『萬里不辭勞』五字，已經寫得一片俠腸、慷慨急難意氣。『寒裝』以下，皆寫不辭勞之實。『鷹勢』『鶴聲』，不但寫得愈加聲色，抑亦寓意于秀才之迅疾如鷹，清矯如鶴也。北邙留劍，淚灑黄蒿，結出生死交情，以托出上『萬里不辭勞』之故，言必如是而後不負于亡友也。

馬鎮西故第

將軍久已没，行客自興哀。功業山長在，繁華水不回。亂藤〔一〕侵廢井，荒菊上叢臺。借問此中事，幾家歌舞來。

因故第而哀鎮西，并哀鎮西之前、鎮西之後之在此故第中者無弗如此鎮西，足知前有千古，後有萬年，凡有功業者，如山長在，雖死猶生。而其但恃繁華在此中歌舞者，究竟歸于亂藤叢菊，不知凡幾，豈特一鎮西而已，悲夫！

【校勘】

〔一〕藤：原校『一作芹』。

重游鬱林寺道玄上人院

藤杖扣松關，春溪斸藥還。雨晴巢燕急，波暖浴鷗閑。倚檻花臨水，回舟月照山。憶歸師莫笑，書劍在人間。

此詠游鬱林寺之趣，詩中不及道玄上人。末二句不過以己之書劍漂流亦如行脚，喻己之到處爲家也，故曰『莫笑』。『雨晴』四句，體物會景，寫得細微生動。

泛溪

疑與武陵通，清溪碧嶂中。水寒深見石，松晚静聞風。遁迹驅鷄吏，冥心失馬翁。纔應畢婚嫁，還此息微躬。

評：真足戀人。

驅鷄。用咒鷄翁事。

失馬。塞上翁得馬未爲喜，失馬未爲憂，詳見後。

此因溪景清幽，擬之武陵，而遂動桃源之興也。『遁迹』二句，想公時已筮仕，以吏隱無異于驅鷄，得失付之度外，故云。

送樓煩李別駕

琴清詩思勞，更欲學龍韜。王粲暫停筆，呂虔初佩刀。夜吟關月静，秋望塞雲高。去去從軍樂，雕飛代馬豪。

龍韜。《小學紺珠》：『文、武、龍、虎、豹、犬爲《六韜》。』

王粲。《魏志》：『王粲，字仲宣，山陽高平人。獻帝西遷，徙居長安，後之荆州依劉表。』

呂虔。《晉書》：『徐州刺史呂虔檄王祥爲司馬。初，呂虔有佩刀，工相之，以爲必三公可服，果然。』

別駕多能，琴、詩之外，更學韜略，于是擬之王粲停筆棄文也，呂虔佩刀就武也。『吟關月』而『望塞雲』，之樓煩也，寫出別駕一段躍躍欲試、慷慨横戈氣象。『去去』二句，托足上意，送之之辭也。

聞兩河用兵因貽友人

故人日已遠，身事與誰論。性拙難趨世，心孤易感恩。秋悲憐宋玉，夜舞笑劉琨。徒有干時策，青山尚掩門。

劉琨。祖逖與劉琨同卧，中夜，聞鷄鳴，蹴琨覺，曰：『此非惡聲也。』因起舞。此與友人論身、世之事。『兩河用兵』，世事也，而身乘此以出，即身事也。故人離遠，無可與言，進退不決，所以然者，『性拙難趨世』，則宜於處，『心孤易感恩』，則宜于出。秋悲宋玉，處不能安也；夜笑劉琨，出恐無濟也。是以『徒有干時策，青山尚掩門』，猶豫狐疑，以此相貽，欲爲决計耳。

獻白尹即樂天也。

醉舞任生涯，褐寬烏帽斜。庾公先在郡，疏傅早還家。林晚鳥〔一〕争樹，園春蜂護花。高吟應更逸，嵩洛舊烟霞。

庾公。謂庾亮。

疏傅。謂疏廣、疏受。

此賦白尹閑居雅趣也。不以謝守爲比，而以庾亮、疏廣擬之，知公高懷逸興，無意于再召也。自言『醉舞』『帽斜』，生涯如此，意謂仿佛公之一二乎？曰『先在郡』，只一『先』字，與上兩句膠沾，巧妙不可言。『疏傅』三句一氣，『林晚』『園春』，還家消遣之時景。高吟而指嵩洛，言其逸情雲上也。公之許白公詩品，止以一『逸』字盡之，此亦足以服煞三唐諸公矣。

【校勘】

〔一〕烏：原本作『鳥』，據蜀刻本、書棚本改。

茅山贈梁尊師

雲屋何年客，青山白日長。種花春掃雪，看籙夜焚香。上象壺中闊，平生夢裏忙。幸乘〔一〕仙籍後，乞取大還方。

壺中。《漢書》：『費長房爲市掾，有賣藥翁，市罷，輒入壺中，人莫之見。惟長房于樓上觀之，異焉。因往拜翁，乃與俱入壺中，見玉堂嚴麗，旨酒甘餚，共飲畢而出，曰：「我神仙中人，以過見責，今事畢，當去耳。」』

大還。丹經以七返九還爲大還。首〔二〕書《大還秘契圖》：『從寅至申爲七返，却至坤爲九還。』此題贈道士，而以己欲求仙詰之。前五句推梁，後三句自指。『平生夢裏忙』，蓋公自訟之辭，亦唤醒世人通病不少。

【校勘】

〔一〕乘：蜀刻本、書棚本作『承』。

〔二〕首：疑作『道』。

聞薛先輩陪大夫看早梅因寄

澗梅寒正發，莫信笛中吹。素艷雪凝樹，清香風滿枝。折驚山鳥散，携任野蜂隨。今日從公醉，何人倒接羅。

倒接羅。山簡好游習氏園池，每之池上，置酒輒醉，名之曰高陽池。兒童歌曰：『山公出何許，往至高陽池。日夕倒載歸，酩酊無所知。時時能騎馬，倒著白接羅。舉鞭向葛强，何如并州兒。』接羅，蓋今半臂之屬。

『江城五月落梅花』，此笛中吹也，而今發于寒時，則五月之説原不可信。『素艷』四句，實寫梅，以雪、風、鳥、蜂四種陪襯。『從公』二句點明薛陪大夫，『何人』一問，是題中『聞』字之神。

送前緱氏韋明府南游

酒闌横劍歌，日暮望關河。道直去官早，家貧爲客多。山昏函谷雨，木落洞庭波。莫盡遠游興，故園荒薜蘿。

送行之什，寫得悲壯鬱勃。首四句直叙其游行之故，而明府不得意之感見於言外。『山昏』句屬緱氏，『木落』句屬南游，『莫盡遠游興』又慰勸其早歸故園，雖屬送行常套，而于此尤覺其境地關照親切。

看雪

松亞竹珊珊，心知萬井歡。山明迷舊徑，溪滿漲新瀾。客醉瑶臺曙，兵防玉塞寒。紅樓知有酒，誰肯學袁安。

評：一幅雪景，暑月生凉。

袁安。《録異傳》：『漢時大雪，積地丈餘，洛陽令身出按行。至安門，無有路，疑安已死，除雪入户，見安猶僵卧不起，問之，曰：「大雪，人皆餓，不宜干人。」』

開口便寫雪壓松、竹之景，則雪大可知，通首景象俱已在此句活現，有一口吸盡西江之勢。次句稍舒其氣，言萬井俱有豐年之望矣，反説遠開去。然後再接寫山、溪著雪之景。又寫瑶臺、玉塞被雪之人、之情，則自首句來，勢便不直，筆便不呆。末二句又即景寫情以寓意，于俗尚清操之難得，呈露出公生平雅志，仍收到『萬井歡』意。此等真是躊躕滿志之筆也。

贈僧

心法本無住，流沙歸復來。錫隨山鳥動，經附海舡回。洗足柳遮寺，坐禪花委苔。唯將一童子，又欲上天台。

評：像個好行脚。

無住。《圓覺經》：『無去無住，是名常住。』

僧蓋以行脚爲事者，故公以此詩贈之。首言心之無住，以見身亦無住，意下便接出自去流沙而復歸。『錫隨山鳥』『經附海舡』，皆無住也。『洗足』『坐禪』，暫時息駕，而又將一童子欲上天台矣。只『本無住』三字爲一首之主。

趨慈和寺移宴

高寺移清宴，漁舟繫緑蘿。潮平秋水闊，雲斂暮山多。廣檻停簫鼓，繁弦散綺羅。西樓半床月，莫問待〔一〕如何。

只首句將題叙盡，以下俱寫移宴之事，境句停勾，情景甜適，不淡不濃，不肥不瘠，即爲雅什。

【校勘】

〔一〕待：原校『「待」字疑是「夜」字之訛』。蜀刻本、書棚本作『夜』。

留贈偃師主人

孤城漏未殘，徒侶拂征鞍。洛北去游〔一〕遠，淮南歸夢闌。曉燈回壁暗，晴雪卷簾寒。更盡主人酒，出門行路難。

評：句句是留贈，今人不能。

此寫行役之苦。城漏未殘而征鞍已拂，長途遠在洛北，歸夢返于淮南。曉燈懸壁〔二〕，寒雪侵簾，寫出將出旅店時驢背曉風之苦。更盡一杯酒，主人殷勤之意也，『出門行路難』，有許多説不盡處，主人之致詞也，逆旅多情，可以留贈矣。

【校勘】

〔一〕游：原校『一作愁』。

〔二〕壁：原作『璧』，據詩文改。

送南陵李少府

高人亦未閑，來往楚雲間。劍在心應壯，書窮鬢已班。落帆秋水寺，驅馬夕陽山。明日南昌尉，空齋又掩關。

南昌尉。漢梅福爲南昌尉，優游吏隱，上書劾王鳳擅權，不納，遂棄官歸，以學道，得仙。

此以李少府暫時行役而詩以寫其高雅也。首句與末句呼應通靈，言高人吏隱，閉門閑寂已久，而此時亦未閑耶？次句承明來往楚雲今日不閑之故。『劍在』二句，寫生平；『落帆』二句，寫現在；『明日』二句，寫將來。言此翻以後，仍復得閑也。首尾一氣，回環盡致。

别韋處士

南北斷蓬飛，别多相見稀。更傷今日酒，未换昔年衣。舊友幾人在，故鄉何處歸。秦原向西路，雲晚雪霏霏。

評：别思黯然。

素心舊友，彼此睽離。起、中四句，言南北斷蓬，别多見少，今日相逢，猶如昔日别去，已覺黯然神傷。且回念舊侶寥寥，歸家無日，哽咽不可言矣。又指分手之途，秦原西路，雲雪霏霏，此所爲『南北斷蓬飛』也。情意真切，詞調悲凉，不堪卒讀。

丁卯集箋注卷之三

五言律

九日登樟亭驛樓

鱸膾與蓴羹，西風片席輕。潮回孤島晚[一]，雲斂衆山晴。丹羽下高閣，黄花垂古城。因秋倍多感，鄉樹接咸京。

鱸膾、蓴羹。《晉書》：『張翰，字季鷹，松江人。在洛時，秋風起，思吴中菰菜、鱸魚膾、蓴羹，曰：「人生貴適意耳，須富貴何爲？」乃遂命駕歸。』

此公感秋節而憶鄉園也。首二句在驛樓遠望，欲乘風挂席，已神馳于蓴鱸江畔矣。接云『島遠』，蓋半日出神，恍然于遠而不見之故，但見衆山雲斂，方知身在此樓。『丹羽』『黄花』，目前景象，時方秋矣。因秋多感，所以望鄉樹直接咸京，而如或見之也。

【校勘】

〔一〕晚：原校『一作遠』。

再游越中傷朱餘慶〔一〕先輩直上人

昔年湖上客，留訪雪山翁。王氏舡猶在，蕭家寺已空。月高花有露，烟合水無風。處處多遺韻，何曾入剡中。

昔日客於湖上，留訪朱公，而今日重來，王氏之舡猶在，喻朱不在也，蕭家之寺已空，喻直上人亦去世也。『月高』云云，言未嘗無花月，未嘗無烟水，處處俱供詩料，而不能更與論詩。剡中之行，竟成絶迹，蓋心傷之至也。

【校勘】

〔一〕朱餘慶：書棚本同，蜀刻本作『朱慶』，《寶真齋法書贊》卷六許渾書烏絲欄詩真迹作『朱慶餘』，是。

京口津亭送張崔二侍御

愛樹滿西津，津亭墮淚頻。素車應度洛，珠履更歸秦。水接三湘暮，山通五嶺春。傷離與懷舊，明日白頭人。

愛樹，甘棠遺愛之樹。墮淚，用羊祜峴山亭事。『度洛』『歸秦』，二侍御去路。『水接』，指京口津，二句蓋侍御向在湘江、嶺表，皆與公盤桓有舊，故下二句接出『傷離與懷舊』云云也。曰『明日白頭人』，言年已將老，不久頭白也，五字感甚。

江樓夜別

離別奈情何，江樓凝艷歌。蕙蘭秋露重，蘆葦夜風多。深怨寄清瑟，遠愁生翠蛾。酒酣相顧起，明月棹寒波。

評：此等詩，意氣濃厚，力追初、盛。

首句唱起別情，次句承出江樓，而以『凝艷歌』三字申明『奈情何』之説，此三字貫下四句。『蕙蘭』云云，皆艷歌中語也，『生翠蛾』，歌竟矣。酒酣起顧，明月江天，寒波一棹，所謂『離別奈情何』者，此景此情，真難忍矣。

送惟素上人歸新安

山空葉復落，一徑下新安。風急渡溪晚，雪晴歸寺寒。尋雲策籐杖，向日倚蒲團。寧憶西游客，勞勞歌路難。

首句不過爲上人下新安紀時在冬，意思便淺，并將風急雪晴景象伏在此句，筆墨便有多少生趣。『尋雲』二句，言歸寺之後，儘有許多逸樂之處，上與渡晚、歸寒光景，下與勞勞之客迥別，便以『寧憶』二字輕輕接下，玲瓏跳脱之極。

霅上晏别

山斷水茫茫，洛人〔一〕西路長。笙歌留遠棹，風雨寄華堂。紅壁耿秋燭，翠簾〔二〕凝晚香。誰堪從此去，雲樹滿陵陽。

評：雋永。

首二句先出『别』，以『西路長』三字逗起結句意。『笙歌』四句，寫『晏』，結二句從雪上至陵陽，以『從此去』三字作呼應，結完『西路』收。格局縝密，詞調悠揚，佳什也。

【校勘】

〔一〕人：原校『一作濱』。

〔二〕簾：原校『一作檐』。

下第别楊至之

花落水潺潺，十年離舊山。夜愁添白髮，春淚減朱顔。孤劍北游塞，遠書東出關。逢君話心曲，一醉灞陵間。

灞陵。《三輔黄圖》：『文帝灞陵在長安城東七十里。灞橋，跨水作橋，漢人送客至此橋，折柳爲别。』只『花落水潺潺』一句，寫出下第後觸目萬端，已有不堪立足之象，接句『十年離舊山』五字，令讀者於邑失色矣。『夜愁』二句，申明上一句，『孤劍』二句，屬至之，寫欲别意。『逢君』二句，只收上意足，所謂『愁人莫與愁人話』也。『氣味如中酒，情懷似别人』，唐人下第詩也，况真别乎！於此詩可想。

尋戴處士

車馬長安道，誰知大隱心。蠻僧留古鏡，蜀客寄新琴。曬藥竹齋暖，擣茶松院深。思君一相訪，殘雪似山陰。

大隱。小隱在山，中隱在市，大隱在朝。

山陰。見前『訪戴』下。

此寫戴處士沉隱高致也，市朝熱鬧，不妨大隱之心，東坡所謂『萬人如海一身藏』也。所往來者，蠻僧、蜀客，方外之侶；所營辦者，擣藥、煮茶，遺俗之事，則安得不令人繫思相訪哉？『山陰』，爲處士戴姓，故用之。

放猿

殷勤解金鎖，昨〔一〕夜雨凄凄。山淺憶巫峽，水寒思建溪。遠尋〔二〕紅树宿，深向〔三〕白雲啼。好覓來時路〔四〕，烟蘿莫共迷〔五〕。

評：仁者用心，一物不苟且輕玩。若與野賓晤語，藹如其言。

【校勘】

〔一〕昨：原校「一作別」。

〔二〕遠尋：原校「一作好依」。

〔三〕向：原校「一作入」。

〔四〕好覓來時路：原校「一作便覓南歸路」。

〔五〕共迷：原校「一作自迷」。

將離郊園留示弟侄

身賤與心違，秋風生旅衣。久貧辭國遠，多病在家稀。山暝客初散，樹涼人未歸。西都萬餘里，明旦別柴扉。

四句寫出飢驅之故，「心違」二字貫下，秋風厲而旅衣單，行囊慳而游道遠，病宜逸而去家勞，事事皆與心違。下言別客皆散，而弟侄未歸，不能一話離情，而以詩留別之意。

夜歸丁卯橋村舍

月凉風静夜，歸客泊岩前。橋響犬遥吠，庭空人散眠。紫蒲低水檻，紅葉半江船。自有還家計，南湖二頃田。

評：下語真率。

寫夜歸，體物細膩。『月凉風静夜，歸客泊岩前』二句，起通首。犬聞橋響而遥吠，風静也；人在庭空而散眠，月凉也。『紫蒲低水檻』，因月下無風，而見其紫且低也；『紅葉半江船』，亦因月下無風，而見其紅且半也。『自有』云云，猶云今日歸家，暫且息脚，他時欲出，切勿錯計，有田可耕，老于此足矣。倦游人自宜作如此計。

題青山館即謝公館。

昔人詩酒地，芳草思王孫。白水半塘岸，青山横郭門。懸岩碑已折，盤石井猶存。無處寄行樂，野花空一樽。

芳草。《離騷》：『怨芳草兮凄凄，王孫游兮不歸。』

謝公。見前《南海使院對菊》下。

題出『昔人詩酒地』，宛然有一謝公行樂景象在□中，安得不思〔一〕之，思之不可得見，但見『白水』云云，不但行樂之人不可見，即行樂之處亦不得繼矣。野花一樽，聊寄王孫之思而已。

【校勘】

〔一〕思：原本下衍一『思』字，據文意删。

秋日衆哲館對竹

蕭蕭凌雪霜，濃翠異三湘。疏影月移壁，寒聲風滿堂。捲簾秋更早，高枕夜偏長。忽憶秦溪路，萬竿今正凉。

詠竹如話、如畫。首句竹之性，次句竹之色，三句竹之影，四句竹之聲，五句竹之秋，六句竹之夜，末憶到秦溪萬竿之景，益覺含毫渺然矣。

春日題韋曲野老村舍二首

繞屋遍桑麻，村南第一家。林繁樹勢直，溪轉水紋斜。竹院晝看筍，藥欄春賣花。故園歸未得，到此是天涯。

背嶺枕南塘，數家村落長。鶯啼幼婦懶，蠶出小姑忙。烟草近溝濕，風花臨路香。自憐非楚客，春望亦心傷。

寫村舍，寫出村中、村外、舍前、舍後、野外情景，不覺歸思如結。第一首自是村中，野老爲第一家。觀樹勢之直而知其林繁，觀水紋之斜而知其溪轉。竹院有筍，藥欄有花，因動故園之感，得此亦足以寄遠想。第二首自是村外，數家村落，背嶺枕塘，別見野致，于是聞鶯啼而知少婦傷春，見蠶出而知小姑飼葉，一『懶』字、一『忙』字，寫得藴藉風流。草縈烟而若濕，花著風而送香，春景惱人，雖非楚客，亦不覺傷心也。

崇聖寺別楊至之

蕭寺暫時逢，離憂滿病容。寒齋秋少燕，陰壁夜多蛩。樹暗水千里，山深雲萬重。懷君在書信，莫過雁回峰。

雁回峰。盛弘之《荆州記》：『雁塞北接梁州汶陽，其間東、西嶺屬天無際，雲飛鳳翥，望崖回翼，故名雁回。』然語意不過欲其頻寄音書也。

楊至之蓋與公同舉不第之友，故每一作別，多作傷心語。暫逢又別，憂感病容，寒齋陰壁，寂寞凄凉，已不堪矣。而又欲作千山萬水之行，欲解懷思，惟憑書信，不得以無雁爲辭也。

途經李翰林墓

氣逸何人識，才高舉世疑。禰生狂善〔一〕賦，陶令醉能〔二〕詩。碧水鱸魚怨，青山鵩鳥悲。至今孤冢在，荆棘楚江湄。

禰生。禰衡，字正平，嘗于黄祖之子〔三〕座上作《鸚鵡賦》，文不加點，援筆立就。

鵩鳥。賈誼爲長沙王太傅，見鵩鳥在承塵上，知其不祥，乃作《鵩鳥賦》。公意蓋以賈傅擬謫〔四〕仙，而以長沙王比永王璘也。

此公過青蓮墓而興哀也。氣逸才高，舉世莫識，有禰生之狂而善賦，若陶令之醉而能詩，公之推許青蓮，實録如此，可謂《郭有道》無愧辭』矣。『碧水鱸魚怨』，怨其不如張翰也；『青山鵩鳥悲』，悲其等于長沙也。『至今』二句，點出墓收。

【校勘】

〔一〕善：原校「一作解」。

〔二〕能：原校「一作吟」。

〔三〕子：字疑衍。

〔四〕謫：原作「摘」，據文意改。

嚴陵釣臺貽行宮〔一〕

故人天下定，歸釣碧岩幽。舊迹隨苔古，高名寄水流。鳥喧群木晚，蟬急衆山秋。更待新安月，憑君暫駐舟。

題上「貽行宮」三字，未詳，按詩末二句，應是友人之名，詩以貽之者。首二句叙出嚴公釣臺。「迹隨苔古」「名寄水流」，高其品也；「鳥喧群木」「蟬急衆山」，紀其時也。「更待」二句，是貽友人之詞，言待君來同舟看月，一如向日在新安時事也。

【校勘】

〔一〕宮：書棚本同，蜀刻本作「侶」。

南樓春望

南樓春一望，雲水共昏昏。野店歸山路，危橋帶郭村。暗〔一〕烟和草色，夜雨長溪痕。下岸誰家住，殘陽半掩門。

評：詩中有畫。

此偶寫春望所見，或有寄托，或無寄托，俱未可知，但書即景，亦自心細手和。

【校勘】

〔一〕暗：蜀刻本、書棚本作『晴』。

送無夢道人先歸甘露寺

飄飄〔一〕隨晚浪，杯影入鷗群。岸凍千舡雪，岩陰一寺雲。夜燈江北見，寒磬浦西聞。鶴嶺烟霞在，歸期不羨君。

評：『夜燈』二句，確是甘露寺。

此送道人而寫其時景也。首二句寫無夢歸得蕭灑，羡之之意已在筆端。『岸凍』四句，寫甘露寺景，内有烟霞高遠意，宜其羡之之至矣。然吾家鶴嶺亦自有烟霞，而我之歸期稍後耳，不羡君之先我也。通首寫得潔净。

【校勘】

〔一〕飄：原校『一作飃』。

閑居孟夏即事

緑樹蔭青苔，柴門臨〔一〕水開。簟凉初熟麥，枕膩乍經梅。魚躍海風足，鼉鳴江雨來。佳人竟何處，日夕上樓臺。

評：是孟夏。

此即事寫景而有所屬望之辭。

【校勘】

〔一〕臨：原校『一作向』。

題灞西駱隱士

磻溪連灞水，商嶺接秦山。青漢不回駕，白雲長〔一〕掩關。雀喧知鶴静，鳧戲識鷗閑。却笑南昌尉，悠悠城市間。

南昌尉。注見前。蓋公自指也。灞東、灞西皆以灞水得名，去長安不遠。隱士居此，在潛、見两可之地，故有『磻溪』二句，言可以爲磻溪之太公，亦可爲商山之四皓，而隱士顧决然高尚其志，如『青漢』云云若此。『雀喧』喻長安道上之人，『鳧』喻己與隱士彼此同類相得。『却笑』云云，正承『鳧戲』，言隱士之心猶以我之吏隱爲可笑也。

【校勘】

〔一〕長：原校『一作空』。

溪亭二首

溪亭四面山，横柳半溪灣。蟬響螗螂急，魚深翡翠閑。水寒留客醉，月上與僧還。猶戀蕭蕭竹，西齋未掩關。

暖枕眠溪柳，僧齋昨夜期。茶香秋夢後，松韻晚吟時。共戲魚翻藻，争栖鳥墜枝。重陽應一醉，栽菊助東籬。

此詠溪亭時景、人物、花竹之趣以自適也。前首『溪亭』二字貫下二首。『四面山』是亭雄據勝概，一覽而盡光景，接句詠溪，溪上有柳，柳上有蟬，溪中有魚，溪上有翠鳥，寫螳螂欲捕蟬，翡翠欲捕魚。『水寒留客』者，僧也，客亦因之而留，爲愛竹也。『未掩關』，不就枕也。次首就宿仍在溪柳之間，而昨日之僧約過齋頭，酌我以茶而醒夢，索我以詩而聽松。魚以戲而翻藻，鳥以争而墜枝，又與昨日魚、鳥迥别，俱寫得瑣屑盡致，溪亭之樂，可謂不虚秋日矣。重陽一醉，栽菊東籬，此時興復不淺，東籬與溪亭相遥應，言隨地可樂，不必拘于溪亭也。

秋日赴闕題潼關驛樓

紅葉晚蕭蕭，長亭酒一瓢。殘雲歸太華，疏雨過中條。樹色隨關迴，河聲入海遥。帝鄉明日到，猶自夢漁樵。

評：悠然。

潼關。《廣輿記》：『在華陰縣界。古桃林寨。東漢，今名。後周「潼谷關」。』

太華。《廣輿記》：『在華陰縣，即西岳也。』

中條山。河中府解縣南二十里。

首句是秋日，次句是驛樓，『殘雲』四句是驛樓所見，末二句是赴闕。前有《次潼關》題句云『生平無限意，驅馬任塵埃』，則有許多感慨激昂熱中之意。此云『帝鄉明日到，猶自夢漁樵』，則有許多優游自在淡泊之意。蓋前在未第赴舉之時所作，此爲得第後授官之時所作，各時情事不同，故詞氣亦異，讀者辨之。

吴門送客早發

吴歌咽深思，楚客怨歸程。寺曉樓臺迥〔一〕，江秋管吹清。早潮低水檻，殘月在山城。惆悵回舟日，湘南春草生。

首句『吴門』，次句『客』，『寺曉樓』四句『早發』，『惆悵』二句『送客』，説到『回舟』後一層。

【校勘】

〔一〕樓臺迥：原校『一作鐘聲遠』。

送太昱禪師

禪床深竹裏，心與徑山期。結社多高客，登壇盡小師。早秋歸寺遠，新雨上灘遲。别後江雲碧，南齋一首詩。

徑山。李照《徑山山門事狀》：『徑山乃天目山東北峰也，中有徑路以通天目，故名。國一大師法欽初隱此山，有龍化老人致拜，願捨此爲立錫地，遂成大刹。』

禪師將主徑山，詩以送之。『結社』二句，寫其道風弘暢，法席尊嚴。『早秋』二句，寫途中時叙。『别後』二句，寫送之之意，囑其寄詩相慰也。

旅懷

征車何軋軋，南北極天涯。孤枕易爲客，遠書難到家。鄉聯雲外樹，城閉月中花。猶有扁舟思，前年别若耶。

若耶。《吴越春秋》注：『若耶溪在會稽縣二十五里。』《水經注》：『若耶溪水上承嶕峴麻溪，溪水下孤潭，周數畝，甚清深。』

首二句已寫盡長途之苦，『孤枕』二句承明。『鄉連雲外樹』，則家鄉不見，『城閉月中花』，則前途亦不可見，旅人何樂而爲此？猶有扁舟之興耶？『前年别若耶』，極不忘此境耳。寫得生平作客，席不暇暖。『猶有』二字，有自覺可怪、可笑、不可解意。《旅懷》，『懷』字須是説得凄苦中又極灑脱方得，末二句真非公不能自道。

南亭與首公宴集

秋來水上亭，幾處似岩扃。戲鳥翻紅葉，游龜帶緑萍。管弦心戚戚，羅綺鬢星星。行樂非吾事，西齋尚有螢。

此于宴集之時而不忘燕居之適也。首句出南亭，次句言南亭佳處亦有似岩扃之意，以『幾處』二字唱起下二句。鳥翻紅葉，龜帶緑萍，正是南亭似岩扃之處。特是宴集之間，管弦嘈雜，羅綺繽紛。而我之心既不佳，年亦不稱，所以行樂非吾事，不如偃息西齋爲適也。

早發壽安次永壽渡

東西車馬塵，鞏洛與咸秦。山月夜行客，水烟朝渡人。樹凉風浩浩，灘淺石磷磷。會待功名就，扁舟寄此身。

壽安。今永壽縣，屬陝西乾州，古豳國地。

首二句寫壽安，永壽渡是通津，在秦、豫之間。『山月』二句接出行旅碌碌，見得己身混雜在東西車馬之中，訖無休止，甚覺可鄙意。凉風浩浩，淺石磷磷，寫渡境之闊，正寫渡人之苦。末二句聊以自慰，亦正是公素志。

泊松江〔一〕渡

漠漠故宫地，月凉風露幽〔二〕。鷄鳴荒戍曉，雁過古城秋。楊柳北歸路，蒹葭南渡舟。去鄉今已遠，更上望京樓。

松江。疑是松滋。劉夢得有《松滋渡望峽中》詩。松滋渡在江陵府。《史記》：『江陵，故郢地。』玩詩語『故宫』『古城』云云，必非江南之松江，且松江亦并無渡。

故宫。《史記》楚頃襄王二十一年：『秦白起拔郢，燒夷陵，遂東至竟陵。王亡去郢，東徙陳，秦遂以郢爲南郡。』則此『故宫』必指楚宫也，其爲松滋渡無疑。

第一句紀其所到之處，二句紀其方到夜泊時景，三句接上句方曉，四句承三句，并承『故宫』句，『楊柳』句是去路，『蒹葭』句是來路，『去鄉』句接南渡，『更上』句接北歸。句句承接脱卸，細微生動。

【校勘】

〔一〕江：原校『「江」字係「滋」字之訛』。

〔二〕風露幽：原校『一作雲木幽』。

送魚思别處士歸有懷

宴罷衆賓散，長歌携一枝。溪亭相送遠，山郭獨歸遲。風檻夕雲散，月軒寒露滋。病來雙鬢白，不是舊離時。

此送别後而自寫離思也。前四句送别而歸，後四句歸來幽獨而自傷。

重經姑蘇懷古二首

越兵驅綺羅，越女唱胡〔一〕歌。宫盡燕聲少，臺荒麋迹多。茱萸垂曉〔二〕露，菡萏落秋波。無復君王醉，滿城顰翠蛾。

胡歌。疑是『吴』字之誤。

顰翠蛾。暗用效顰事。

即從越兵入吴説起，二句已括盡一部《吴越春秋》，惜墨如金。『宫盡』以下，皆寫今日所見荒凉凄寂之概，『無復』二句又接著越兵未入之前一層，『無復』二字貫二句，不曰『滿宫』而曰『滿城』，正極寫夫差逸游在外之致也。

香徑繞吴宫，千帆落照中。鸛鳴山欲雨，魚躍海多風。城帶晚莎緑，池連秋蓼紅。當年國門外，誰識伍員忠。

香徑。《方輿勝覽》：『姑蘇靈岩山有西施采香徑，館娃宫在其旁。』

此首起二句承上首，落句言昔日游舟之盛，中四句言今日魚鳥、城池各安其常境象，則閲時久遠，故事無傳，無足異也。特在當時，方其越兵未入國門之際，亦無識伍相之忠者，何也？見晏安不可狃，識者知未然，不勝感嘆。

【校勘】

〔一〕胡：蜀刻本作『吴』，是。

〔二〕曉：蜀刻本作『晚』。

將赴京師留題孫處士山居二首

草堂近西郭，遥對敬亭開。枕膩海雲起，簟凉山雨來。高歌懷地肺，遠賦憶天台。應學相如志，終須駟馬回。

敬亭山。山在寧國府城北，上有敬亭。

地肺。《高士傳》：『秦始皇時四皓共入商雒，隱地肺山。』又《永嘉郡記》：『地肺山在樂城縣東大海中，去岸百餘里。』又陶隱居《真誥》：『金陵，句曲之地肺也，水至則浮，故曰地肺。』凡山中有洞曲通他處稱洞天者皆可名地肺。

此首前四句寫山居，中二句寫處士，末二句是留題，蓋爲處士招隱之意。

西岩有高士〔一〕，路僻幾人知。松蔭花開晚〔二〕，山寒酒熟遲。游從隨野鶴，休息遇靈龜。長見鄰翁説，容華似舊時。

靈龜。任昉《述異記》：『龜壽五千年謂之神龜，萬年曰靈龜。』

此首首二句寫處士，中一聯寫山居，次聯及末二句皆寫處士，而末句又極推處士之顔色常好，羡之也。

【校勘】

〔一〕士：蜀刻本作『興』。

〔二〕晚：原校『一作少』。

洞靈觀冬青

霜霰不凋色，兩株交石壇。未秋紅實淺，經夏緑陰寒。露重蟬鳴急，風多鳥宿難。何如西禁柳，晴舞玉闌干。

洞靈觀。未詳何地，蓋道院也。

冬青。樹名，經冬不凋，實名女貞子。

首句賦冬青之名實，次句賦其地，『未秋』二句賦其形，賦其時。因露重而蟬急鳴，因風多而鳥難宿，賦樹之所依栖者，雖亦足爲功于物，而未能使之各得其所，則何如西禁之柳，高華得地，晴舞闌干，氣象雍容也哉！蓋喻得時而駕者之展布也。

晨至南亭呈裴明府

南齋夢釣竿，晨起月猶殘。露重螢依草，風高蝶委蘭。池光秋鏡澈，山色暗〔一〕屏寒。更戀陶彭澤，無心議去官。

首句是『晨』字前一層，曰夢猶未起也，而已把釣竿，則神往南亭久矣，安得不晨起哉。『月猶殘』，日未出也，所以露未乾而螢尚濕，風甚烈而蝶不飛，以上痛寫晨起池光山色，則寫南亭之景矣。明府所居之可戀如此，而我安得不戀明府哉？彭澤喻明府，無心去官，與裴明府同爲吏隱之意也。

【校勘】

〔一〕暗：蜀刻本、書棚本作『曙』。

灞東題司馬郊園

楚翁秦塞住，昔事李輕車。白社貧思橘，青門老仰瓜。讀書三徑草，沽酒一籬花。更欲尋芝术，商山便寄家。

『讀書三徑草，沽酒一籬花』句評：二語閑甚。

灞東。長安灞橋之東，故稱『秦塞』。

白社橘。李衡守丹陽，於龍陽州種橘千株，謂其子曰：『有千頭木奴，不責汝衣食，歲上一匹絹足矣。』及樹成，歲得絹數千匹。

青門瓜。邵平，故秦東陵侯，秦滅，爲布衣，種瓜長安城東，有五色，甚美，世號東陵瓜。

此詠司馬之高雅也。『楚翁』即指司馬，言其僑寓于灞東，蓋以昔年從事李輕車至此，而今貧且老矣。安貧樂道，栽橘種瓜，以資生計。讀書則來往無人，而三徑就荒；沽酒則自消閑適，而籬菊可采。而楚翁之意，更欲尋芝术于商山，飄然物外也。

曉發天井關寄李師晦

山在水滔滔，流年惜二毛。湘潭歸夢遠，燕趙客程勞。露曉紅蘭重，雲晴碧樹高。逢秋正多感，萬里别同袍。

言山長在而水則滔滔不返，意在經歷山水之人爲時既久也，所以接『流年惜二毛』句。『湘潭』以下四句一氣，承二毛之年，而又作遠游。『紅蘭』『碧樹』，正當秋時，作此萬里之行，相别也。

喜遠書

端居换時節，離恨隔龍瀧。苔色上春閣，柳陰移晚窗。寄懷因桂水，流淚極楓江。此日南來使，金盤魚一雙。

楓江。在蘇州府閶門外三十里，有楓橋。

魚一雙。古詩：『客從遠方來，遺我雙鯉魚。呼童烹鯉魚，中有尺素書。』

首句鄭重紀時，次句『龍瀧』紀地。『苔色』二句紀景，曰『上』，曰『移』，皆寫流光暗换之意，故接明『寄懷』二句，言在桂水而極楓江，相思無極也，是題中『遠』字。以上六句，皆震蕩出遠書難得意，則末二句不言喜而『喜』字意已透極矣。

下第寓居崇聖寺感事

懷玉泣京華，舊山歸路賒。静依禪客院，幽學野人家。林晚鳥争樹，園春蝶護花。東門有閑地，誰種邵平瓜。

懷玉。《韓子》：『楚人卞和氏得玉璞于荆山之中，獻之武王，王使人相之，曰：「石也。」刖其左足。及文王即位，又獻之，曰：「石也。」刖其右足。和乃抱其璞而泣于荆山之下，王乃使玉人攻璞而得寶。』

邵平瓜。見前《灞東題司馬郊園〔一〕》下。

首句痛言下第不能即歸，三、四寫寓居崇聖寺。鳥争樹，蝶護花，意在幽居之趣不惡也，言外有甘心終隱，欲爲老圃，絶意京華，感嘆之□〔二〕。

【校勘】

〔一〕園：原作『原』，據《灞東題司馬郊園》詩改。

〔二〕□：原本漫漶，疑作『至』。

懷江南同志

南國別經年，雲晴波接天。蒲深鸂鶒戲，花暖鷓鴣眠。竹暗湘妃廟，楓陰楚客船。唯應洞庭月，萬里共娟娟。

評：可□〔一〕。

首言『南國別經年』，業已神游南國矣。曰『雲晴波接天』，是已置身洞庭矣。『蒲深』『花暖』『竹暗』『楓陰』，何境不佳。曰『唯應』，有不唯者也，言豈獨此洞庭之月應與我萬里相從也哉！

【校勘】

〔一〕□：原本漫漶，疑作『憐』。

洛中秋日

故國無歸處，官閑憶遠游。吴僧秣陵寺，楚客洞庭舟。久病先知雨，長貧早覺秋。壯心能幾許，伊水更東流。

此亦與上首同意。題曰『洛中秋日』，意不在于洛中也。開口云故國歸無路，則心已在故國矣，非惟心在故國，而且在故國之游，此地官閑，心無所繫，遂使生平游歷之處轆轤于中。秣陵之寺，洞庭之舟，何一不在目前。而今日之在洛中，病知雨候，貧覺早秋，又是一種頽唐况味。因念壯心幾許，大半消沉，而伊水東流，更何堪此滔滔也。

將赴京師蒜山津送客還荆渚

樽前萬里愁，楚塞與皇州。雲識瀟湘雨，風知杜樗〔一〕秋。潮平猶倚棹，月上更登樓。他日滄浪水，漁歌對白頭。

首句『送客』，次句『荆渚』『京師』，三句『荆渚』，四句『京師』，五、六句言皆暫留于此，上樓叙别。『他日』云云，是别辭，相期同釣滄浪也。

【校勘】

〔一〕杜鄠：蜀刻本作『鄠杜』。

潼關蘭若

來往幾經過，前軒枕大河。遠帆春水闊，高寺夕陽多。蝶影下紅藥，鳥聲喧緑蘿。故山歸未得，徒詠《采芝歌》。

此公偶過潼關蘭若而詠以見意。言潼關爲京洛通衢，數數經過，前臨大河。遠帆水闊，而高寺憑之，是蘭若。蝶影、鳥聲皆寓目適意，然既不能歸故鄉，則雖徒詠紫芝之歌，不過口頭高尚而已，終何益哉？

玩殘雪寄河南尹劉大夫

艷陽無處避，皎潔不成容。素質添瑶水，清光散玉峰。眠鷗猶戀草，栖鶴未離松。聞在金鑾望〔一〕，群仙對九重。

首二句寫殘雪緣故，『素質』『清光』在雪上寫『殘』字。『眠鷗』『栖鶴』，在雪中之物上寫『殘』字。結言闕廷雪景，作壯麗語，結得得體，妙在用一『聞』字拍合『大夫』。

【校勘】

〔一〕望：原校『一作賞』。

陪越中使院諸公鏡波館餞明台裴鄭二使君

傾幕來華館，淹留二使君。舞移清夜月，歌斷碧空雲。海郡樓臺接，江船劍戟分。明時自鶱翥，無復嘆離群。

『傾幕』，是使院諸公；『華館』，是鏡波館；『二使君』，是裴、鄭。舞能閉月，歌可斷雲，樓臺接海，劍戟分江，極寫晏餞之盛。『明時』二句，就題本位收，寫得不漏不支。

春泊弋陽

江行春欲半，孤枕弋陽堤。雲暗猶飄雪，潮寒未應溪。飲猿聞棹散，飛鳥背船低。此路成幽絶，家山鞏洛西。

首二句叙清題事。『雲暗』二句寫時景，『猶』字、『未』字，緊承『春欲半』意。『飲猿』『飛鳥』，寫物景，『聞棹』『背船』，起幽絶意。結二句言今日泊舟于此，明日又進焉，家山在鞏洛之西，日遠一日也。

晨别脩然上人

吴僧誦經罷，敗衲倚蒲團。鐘韻花猶歛，樓陰月向〔一〕殘。晴山開殿響，秋水捲簾寒。獨恨孤舟去，千灘復萬灘。

此于上人處過宿，晨起而隨意寫景也。『鐘韻花猶歛，樓陰月向殘』，總是晨起極早時景。山晴則氣爽，故殿門之開，其聲益響；水秋則氣寒，故捲簾而入，則其氣益寒。『獨恨』云云，言以此時而欲别，且千灘萬灘，宜其黯然也。

【校勘】

〔一〕向：蜀刻本作『尚』。

送客江行

蕭蕭蘆荻花，郢客獨辭家。遠棹依山響，危檣轉浦斜。水寒澄淺石，潮落漲虛沙。莫與征徒望，鄉園去漸賒。

首句寫江渚之景，宛然有一『游子客衣單』在此五字之中接出，緊極！『遠棹』四句，寫江行，字字静細。『莫與』二句，送之之辭，説得極平常，愈覺得極凄苦。

將歸塗口宿鬱林寺道玄上人院二首

西岩一磬長，僧起樹蒼蒼。開殿灑寒水，誦經焚晚香。竹風雲斷〔一〕散，杉露月猶光。無復重來此，歸舟凌夕陽。

首二句出『鬱林寺』與『道玄』，『開殿』二句叙其事，『竹風』二句寫其景，『無復』二句有戀戀之意焉。

春尋采藥翁，歸路宿禪宮。雲起客眠處，月殘僧定中。藤花深洞水，槲葉滿山風。清境不能住，朝朝慚遠公。

首二句溯由來宿此之故，『雲起』二句寫寺中幽閑，『藤花』二句寫寺外深曠，以『清境』二字總之，不能住而慚遠公，與上同意。

公每于一題有两首、三首者，不過隨事叙去，無作意章法，此是公不及老杜處。

【校勘】

〔一〕斷：蜀刻本作『漸』。

題宣州元處士幽居

潺湲繞門水，未省濯纓塵。鳥散千岩曙，蜂來一徑春。杉松還待客，芝术不求人。寧學磻溪叟，逢時罷釣綸。

此題元處士之居而高其清節也。潺湲一水，清澈繞門，正可濯纓，而曰『未省』，言其纓故絶塵，無待于濯也，二句冒起幽居，以下痛寫之。鳥散蜂來，時物各適其天；杉松待客，生産不私于己；芝术不求，資生自有藥物。幽居之趣如此，則處士一意樂天遁世，薄視王佐，豈學磻溪之叟有意逢時而罷隱也哉？

送李秀才

南樓送郢客，西郭見荆門。鳧鵠下寒渚，牛羊歸遠村。蘭舟倚行棹，桂酒掩餘樽。重此一留宿，邨前烟水昏。

寫送客之地在南樓，出郭門而見其荆門，往秀才之家而相送也。『鳧鵠下』『牛羊歸』，時晚也。蘭棹已理，將去也。桂酒餘樽觴，送客也。留宿而後别，則以前村烟水已昏之故。

題倪處士舊居

儒翁九十餘，舊向此山居。生寄一壺酒，死留千卷書。檻摧新竹少，池淺故蓮疏。但有子孫在，帶經還荷鋤。

第一句提處士，第二句提舊居，三、四句寫處士生平，五、六句寫舊居凄寂，『但有』二句言其後人克肖，且讀且耕也，『但有』云者，處士九原亦慰也。

贈梁將軍

曾經黑山虜，一劍出重圍。年長窮書意，時清隱釣磯。高齋雲外住，瘦馬月中歸。惟説鄉心苦，春風雁北飛。

首言將軍善武，有破虜突圍之勇，而以年長窮書，時清隱釣，則其高雅可知。結高齋于雲外，踏瘦馬于月中，言其現在受用。『惟説』二句，有無限意，蓋將軍向在行中，每南望而見春風雁北，則情不能堪，此其所以高隱之故。然則凡有鄉心者，安在不與將軍同苦哉？

春望思舊游

適意〔一〕極春日，高〔二〕臺披薜蘿。花光晴漾漾，山色晝峨峨。湘水〔三〕美人遠，信陵豪客多。唯憑一瓢酒，彈瑟縱高歌。

首句是『春』，次句是『望』，『花光』二句合寫『春望』，『湘水』二句是『舊游』，因望而憶美人于湘水，思豪客于信陵，静念生平，舊游不再，一瓢春酒，彈瑟高歌，聊以遣興。

【校勘】

〔一〕適意：原校「一作何處」，蜀刻本作「失意」。

〔二〕高：蜀刻本作「南」。

〔三〕水：原校「一作渚」。

病中二首

三年嬰酒渴，高卧似袁安。秋色鬢應改，夜涼心已寬。風衣藤簟滑，露井竹床寒。卧憶郊扉月，恩深未挂冠。

一首病久而卧。首二句叙明病卧，「秋色」二句寫病之狀，「風衣」二句寫病中之景，「卧憶」二句又寫病中之情，言因病而欲歸，又以恩深而未敢言歸也。

私〔一〕歸人暫適〔二〕，扶杖繞西林。風急柳溪響，露寒莎徑深。一身仍白髮，萬慮只丹心。此意無言處，高窗托素琴。

二首病久而起，承上首末二句，言雖未歸，然以欲歸而暫覺適意。「風急」二句寫景，皆帶病後。「一身」二句寫情，末又言此意不可與人言，托之素琴而已。

【校勘】

〔一〕私：原校『一作欲，是』，蜀刻本作『秋』。

〔二〕適：原校『一作静』。

姑孰官舍寄汝洛友人

官静亦無能，平生少面朋。務開〔一〕唯印吏，公退只棋僧。藥鼎初寒火，書龕欲夜燈。安知北溟水，終日送摶鵬。

姑孰。今太平府當塗縣界。《本傳》：公登第後，筮仕爲太平縣令，有惠政，拜監察御史。詩蓋作于是時，曰『静』，足徵官守矣。

北溟。《莊子》：『北溟有魚，其名爲鯤，又化而爲鵬，又摶扶摇而直上者九萬里。』

此公自訴宦况以寄友也。首二句言官地之無友，『務開』二句正無友之實也，『藥鼎』二句極寫安閑，『安知』二句言自安于六月之息，而置彼摶鵬于不問也。

【校勘】

〔一〕開：原校『一作閑，非』。

恩德寺

樓臺横復重，猶有半岩空。蘿洞淺深水，竹廊高下風。晴山疏雨後，秋樹斷雲中。未盡生平〔一〕意，孤帆又向東。

此寫恩德寺景以致其眷戀之意也。首二句言其岩壑之深遠，玩『猶有』二字可知。『蘿洞』二句承深遠意，『晴〔二〕山』二句寫其景象隨時變换，皆有佳致。末二句言如此觀之不足，而又欲捨之而東，能無惆悵乎？

【校勘】

〔一〕生平：蜀刻本作『平生』。

〔二〕晴：原作『暗』，據詩文改。

天竺寺題葛洪井

羽客鍊丹井，井留〔一〕人已無。舊泉清〔二〕石下，餘〔三〕甃碧山隅。雲朗鏡開匣，月寒冰在壺。仍聞釀仙酒，此水過瓊酴。

葛洪。《晉書》：『洪字稚川，句容人。家貧好學，伐薪買紙筆，且抄且讀，杜門却掃，不妄交一人。南海太守鮑玄妻以女，授洪内養之術。都督顧雍辟爲尉，以平賊功，賜爵關内侯，不拜。聞交趾出丹砂，乃乞勾漏令，帝許之。深入羅浮山，著書不輟，號抱朴子。』

首二句叙明丹井，曰『人已無』，撇去稚川。以下專寫井中之景。末言丹不可得，而水釀酒極佳，只取現在足矣，意在神仙之不可求也。

【校勘】

〔一〕留：原校『一作存』。

〔二〕清：蜀刻本作『青』。

〔三〕餘：原校『一作移』。

朗上人院晨坐

簟涼襟袖清，月没尚殘星。山果落秋院，水花開曉庭。疏藤風裊裊，圓桂露冥冥。正憶江南寺，岩齋聞誦經。

先寫晨起之景，次及院中，因憶江南寺經聲亦在晨起時，不及朗上人。

送客歸湘楚

無辭一杯酒，昔日與君深。秋色換歸鬢，曙光生別心。桂花山廟冷，楓樹水樓陰。此路千餘里，應勞楚客吟。

評：送歸妙語。

首二句寫送別意，中四句即景寫情，末二句言此景此情皆當有詩以寄意也。

丁卯集箋注卷之四

五言律

過故友〔一〕舊居

往年公子宅，夜宴樂難忘。高竹動疏翠，早蓮飄暗香。珠盤〔二〕凝寶瑟，綺席遞華觴。今日皆何處，閉門春草長。

過故居而傷亡友。溯夜宴之樂，反襯今日之悲。『高竹』『早蓮』『珠盤』『寶瑟』『綺席』『華觴』，皆夜宴時景物，今日皆何處？公子物故矣，人不可得見，并門亦不可得開矣。宿草之悲，泫然言下，極凄凉寂寞之題，反寫得熱鬧花簇〔三〕，此畫家反面烘染法，尤詩家要訣也。

【校勘】

〔一〕友：蜀刻本作『交』。

〔二〕盤：蜀刻本作『簾』。

〔三〕簇：原作『鏃』，據文意改。

送客歸峽中

津亭多別離，楊柳半無〔一〕枝。住接猿啼處，行逢雁過時。江風飄〔二〕帆急，山月下樓遲。還就西齋宿，烟波勞夢〔三〕思。

首二句指點送別之處，『枯枝』，言無枝可折也，句中有時序。『住接』句是『峽中』，是客到家之處，『行逢』句是途中衡陽峽中所經。『江風』二句寫路景，末二句又言別後西齋夜宿，夢魂猶繞烟波也。

【校勘】

〔一〕無：原校『一作枯』。

〔二〕飄：蜀刻本作『颺』。

〔三〕夢：原校『一作所』。

題冲沼上人院

斸石種松〔一〕子，數根〔二〕侵杳冥。天寒猶講律，雨暗尚尋經。小殿燈千盞，深爐水一瓶。碧雲多别思，休到望溪亭。

此題上人而兼及其院也。『斫石』二句，言其院樹之老，以興起上人之高。『天寒』二句，接出上人律解精嚴。『小殿』二句，蒙上意，并及其院中法器近道，『燈千盞』，傳燈有人也，『水一瓶』，心地清静也，皆極寫上人身分。『碧雲』二句，又言與上人溪亭作别，多勞見憶也，此上人與公交契，故詩言如此。

【校勘】

〔一〕松：原校『一作杉』。

〔二〕根：原校『一作株』。

和畢員外雪中見寄

仙署掩清景，雪華松桂陰。夜凌瑶席宴，春寄玉京吟。燭晃垂羅幕，香寒重綉衾。相思不相訪，烟月剡溪深。

通首寫員外雪中之景，中間『春寄』句寫見寄，末二句言相思而不相訪，緣剡溪之深不能到，未能如王之雪夜訪戴也。

春醉

酒醲花一樹，何假卓文君。客坐長先飲，公閑半已醺。水鄉春足雨，山郭夜多雲。何以參禪理，榮枯盡不聞。

評：陶然。

有酒有花，不問當壚客飲，不必待主公閑，儘可持杯。水鄉雨足，山郭多雲，醉裏逃禪，榮枯不問，寫春醉，極其酣透。

題岫上人院

病客與僧閑，頻來不掩關。高窗雲外樹，疏磬雨中山。離索秋蟲響，登臨夕鳥還。心知落帆處，明月澌河灣。

此但題院而不及上人。首二句寫頻來此院，『高窗』四句寫院中時景，『心知』二句蓋以上人將有所之而有是云。

送客南歸有懷

綠水暖青蘋，湘潭萬里春。瓦樽迎海客，銅鼓賽江神。避雨松楓岸，看雲楊柳津。長安一杯酒，座上有歸人。

首句先寫時序，次句寫南方，『瓦樽』『銅鼓』，寫鄉俗，『避雨』二句寫到家游覽，盡將佳境鋪呈，見歸人受用無限。申之以『長安』二句，同爲南客，目送歸人，可羨可妒，盡在一語矣。

李生棄官入道因寄

西〔一〕岩一徑通〔二〕，知學〔三〕采芝翁。寒暑丹心外，光陰白髮中。水深魚避釣，雲迴鶴辭籠。坐想還家日，人非井邑空。

首二句提『入道』。『寒暑』二句，寫入道之心，置寒暑于不知，忘歲時也；任光陰之自去，忘生死也。『水深』二句，喻入道之趣，水深而魚潛，雲迴而鶴舉，兼賦李生之去官也。『坐想』二句，祝其成道，如丁令威所云。

【校勘】

〔一〕西：原校『一作千』。

〔二〕西岩一徑通：原校『一作千岩路不窮』。

〔三〕學：原校『一作訪』。

長興里夏日南鄰避暑

侯家〔一〕大道傍，蟬噪樹蒼蒼。開鏁洞門遠，下簾賓〔二〕館涼。欄圍紅葉盛，架引緑蘿長。永日一攲枕，故山雲水〔三〕鄉。

此避暑適興，即事而賦也。首句指其地，『蟬噪』『樹蒼』指其景，是未入時。『開鏁』四句，次第寫入洞門而啓賓館，俯對紅葉，仰看緑蘿，怡然永日，攲枕忘炎，如置身故山雲水之鄉，非惟不知是南鄰，并不知其在長安，已寫得『避』字意直透紙背。

【校勘】

〔一〕家：原校『一作門』。

〔二〕賓：原校『一作高』。

〔三〕水：原校『一作外』。

送韓校書

恨與前歡隔，愁因此會同。迹高芸閣吏，名散雪樓翁。城閉三秋雨，帆飛一夜風。酒醒鱸膾美，應在竟陵東。

芸閣。魚豢《魏略》：『芸香辟紙蠹，故藏書處曰芸臺、芸閣。』

首二句言將別去，前歡既隔，此會暫同。『迹高』二句，寫校書身分，『城閉』寫此時昏悶，『帆飛』寫別去迅疾，『酒醒』二句寫其所到佳致以送之也。

秋晚登城

城高不可下，永日一登臨。曲檻涼飆急，空樓返照深。葦花迷夕棹，梧葉散秋砧。謾作《歸田賦》，蹉跎歲欲陰。

此登高而賦所見以致意也。城高留我，永日盤桓，境景皆佳，身心違誤，荏冉歲時，日復一日，歸田欲賦，林下無期，盡日空樓，登臨忘返，一肚皮心事説不出，只在『不可下』三字中領會。

江西鄭常侍赴鎮之日有寄因酬和

來暮亦何愁，金貂在鷁舟。旆隨寒浪動，帆帶夕陽收。布令滕王閣，題詩郢客樓。即應歸鳳沼，中外贊天休。

來暮。《漢書》：『廉范爲蜀郡太守，民歌曰：「廉叔度，來何暮。不禁火，民安作。昔無襦，今五袴。」』

金貂。散騎常侍分左、右，隸門下、中書省，皆金蟬、珥貂，左散騎與侍中爲左貂，右散騎與中書令爲右貂，謂之『八貂』。

滕王閣。在江西省城上，王勃作序題詩之處也。

鳳沼。《晉書·荀勖傳》：『勖久在中書省，專掌機事。及失之，甚罔悵。或有賀之者，勖曰：「奪我鳳凰池，諸君何賀耶？」』

臺閣應酬之什，宜于富麗，然一味鋪張，毫無意味，所謂『文似相如殆類俳』也。首句飄然而入，曰『來暮何愁』，明其隨車沛澤也，次句以常侍出鎮鄭重。『旆隨』二句，寫行旌指揮如意，『布令』句寫之鎮政令，『裁詩』句寫常侍風雅，末二句言不日即召還復贊廟謨也。此等詩可謂雅俗咸宜。

蒙河南劉大夫見示與吏部張公喜雪酬唱輒敢攀和

風度龍山暗，雲凝象闕陰。瑞花〔一〕瓊樹合，仙草玉苗深。欲醉梁王酒，先調楚客琴。即應攜手去，將此助商霖。

龍山。李商隱《雪》詩：『龍山萬里無多遠，留待行人二月歸。』

象闕。杜詩：『天闕象魏逼。』韋述《東都記》：『龍門若天闕。』言天闕迴而象緯逼近也。公詩以『象闕』對『龍山』，正用此耳。若『天闕』『天閲』『天開』『天闊』『天關』等聚訟，俱宜以此解之。

梁王酒。梁孝王嘗爲穆生設醴。詩意欲爲梁王之賓客也。『楚客琴』，即己和詩之意。

商霖。《商書·説命篇》：『若歲大旱，用汝作霖雨。』

和二公酬唱即宜作對二公語，不宜一點寒酸，方得體裁。起手『風度』二句寫雪前之景，『瑞花』句正寫雪，『仙草』句寫雪後滋生之象，『欲醉』二句寫己酬和之意，『即應』二句言二公指日入贊密勿，作帝霖雨，非止爲賦瑞雪而已也。

【校勘】

〔一〕花：蜀刻本作『光』。

下第送宋秀才游岐山楊秀才還江東

年來不自得，一望幾傷心。風轉蕙蘭色，月移松桂陰。馬隨邊草遠，帆落海雲深。明旦各分首，更聽《梁甫吟》。

《梁甫吟》。諸葛孔明有《梁甫吟》。梁父山在泰山下。蓋公此時亦欲東歸，過梁父而吟也。

首言下第之苦，以『一望』二字統之。望蘭蕙之色轉，望松桂之陰移，以時物之已邁，喻諸人之浮沉也。望馬之隨草而遠，游岐下也；望帆之落海而深，還江東也。『明旦』二句，送之之詞。

南亭偶題

城下水縈洄，潮衝野艇來。烏驚山果落，龜泛緑萍開。白首書千卷，朱顔酒一杯。南軒自流涕，不是望燕臺。

首四句寫亭上所見，隨物賦情，而獨有不能釋然于中者。年年趙旭，歲歲劉蕡，埋白首于書城，洎〔一〕朱顔于酒海，傷心流涕，豈徒望燕臺之富貴哉？燕臺，燕昭王築黄金臺以招賢士，公時未第，則其所傷心扼腕，宜莫急于斯矣。而曰『不是爲』云云，然則其所爲流涕者，不在于遭逢之難得，而在于世運之方艱，誰謂公爲烟霞泉石之人，而不以虞淵日没爲慮者哉！

【校勘】

〔一〕洎：字疑誤。

與裴秀才自越西歸阻凍登武〔一〕丘山寺

春草越吴間，心期旦夕還。酒鄉逢客病，詩境遇僧閑。倚棹冰生浦，登樓雪滿山。東風不可待，歸鬢坐斑斑。

評：心閑事亦幽。

叙以春時自越西歸，計日可到，不謂反以凍阻，得與僧友流連。酒逢客病，不能飲也；詩與僧閑，聊共遣也。冰雪滿前，東風何日，能不坐斑兩鬢哉？

【校勘】

〔一〕武：原本無，據蜀刻本補。

太和初靖恭里感事

清湘吊屈原，垂淚擷蘋蘩。訪〔一〕起乘軒鶴，機沉在檻猿。乾坤三事貴，華夏一夫冤。寧有唐虞世，心知不爲言。

唐文宗既立，改元太和，時宦官權寵太甚，元和末弒逆之徒尚在左右。太和四年，上以宋申錫爲相，謀誅宦官，王守澄、鄭注知之，使人誣告申錫謀立漳王，欲以兵屠申錫家，馬存亮曰：『如此則京城自亂。』崔元亮謂：『殺一匹夫，不可不重，况宰相乎？』崔玄、王正雅請以獄付廷尉，牛僧孺以申錫已爲宰相，復何求而謀廢立。于是守澄等令人脅成其罪，貶爲開州司馬，從而流死者數十百人，天下以爲冤。『太和初感事』，蓋指此事也。『清湘吊屈原，垂淚擷蘋蘩』，時宋公已卒于貶所，故有屈原之吊。『訪起乘軒鶴』二句，言文宗亦欲謀去宦官，而無如其所訪起之人不過如乘軒之鶴，實不可用，而宦官之在君側者沉機不測，如在檻之猿，無刻不有飛揚跋扈之思也。『乾坤三事貴』，即牛僧孺、崔元亮所云之意，『華夏一夫冤』，言天下皆知其冤也。『寧有』二句，承上言海内皆爲銜冤，而在廷無不鉗口，良可慨已。同時杜紫薇《聞開江相國宋下世》七律云：『月落清湘棹不喧，玉杯瑶瑟奠蘋蘩。誰令力制乘軒鶴，自取機沉在檻猿。位極乾坤三事貴，獄成華夏一夫冤。宵衣旰食明天子，日伏青蒲不敢言。』即公全詩增加點竄數字，亦成絶妙好詞也。

【校勘】

〔一〕訪：蜀刻本、書棚本作『謗』，是。

與侯春時同年夜話

蘆葦暮修修，溪禽上釣舟。露凉花斂夕，風静竹含秋。素志應難契，清言豈易求。相歡一瓢酒，明日醉西樓。

寫南池景物可玩，四句中有七件，蘆葦也，溪禽也，舟也，露也，風也，花也，竹也，寫得細膩熨貼。『素志』四句是『夜話』，素所志者難以猝得，即今清言相賞亦不易求，幸無虚此。相訂一瓢，更卜明日。

廣陵送剡縣薛明府赴任

車馬楚城壕，清歌送濁醪。露花羞別淚，烟草讓歸袍。鳥浴春塘暖，猿吟暮嶺高。尋仙在仙骨，不必〔一〕廢牛刀。

首二句薛將之任而于此送之，『露花羞別淚』，何羞乎爾？羞歸袍也。袍何羞乎爾？羞袍色之仍青也。蓋此時公尚未仕，言烟草之青色讓歸者之袍色，明己之不得志，此所以羞也。『鳥浴』『猿吟』，喻己之性在山水，『求仙』句即承此，言我自有求仙之骨，『不必廢牛刀』，言終將善刀而藏也。意在明府爲剡縣，以牛刀割鷄，而我骨相近仙，并此牛刀有所不用，然則爲『必』字無疑矣。

【校勘】

〔一〕必：原校『原本此一字闕』。蜀刻本作『用』。

游果晝二僧院

何必老林泉，冥心便是禪。講時開院去，齋後下簾眠。鏡朗燈分焰，香銷印絶烟。真乘不可到，雲盡月明天。

此與二僧談禪也。首言何必林泉而後爲僧，只冥心而禪學已澈，如講時而聞院，齋後而下簾，鏡朗分燈，香消留印，何處非禪理。『真乘』，猶上乘也，『不可到』，言成佛之難，雲盡而月在天，其象如此，目可得而見，身不可得而到也。

題官舍

燕雁水鄉飛，京華信自稀。簞瓢貧守道，書劍病忘機。疊鼓吏初散，繁〔一〕鐘鳥獨歸。高梧與疏柳，風雨似郊扉。

此于官舍言懷也。『燕雁水鄉』，想在太平時京華信稀，言非輶軒所到之處。『簞瓢』『書劍』，仍守生平。『疊鼓』『繁鐘』，無殊僧舍。『高梧』『疏柳』，衙齋蔭樹，雨勢風聲，不異郊扉。官舍如此，清況可知，自是宦塗中佳話。

【校勘】

〔一〕繁：原校『一作疏』。

酬報先上人登樓見寄

丹葉下西樓，知君萬里愁。鐘非黔峽寺，帆是敬亭舟。山色和雲暮，湖光共月秋。天台多道侶，何惜更南游。

此聞上人有遠游而寄詩酬和也，玩首二句明甚。『鐘非』句，上人出寺，『帆是』句，上人舟行。山色湖光，儘可把玩，此寫原唱登樓之景。『天台』二句，言何妨更入南游。想公此時亦在越中，故屬其更游天台，希得相晤也。

曉過鬱林寺戲呈李明府

身閑白日長，何處不尋芳。山崦登樓寺，溪灣泊晚航〔一〕。洞花蜂聚蜜，岩柏麝留香。若指求仙路，劉郎學阮郎。

山水之趣，以閑身、長日二者得之，曰『何處不』云云，正寫得盡態極力。下言尋芳之實，登樓寺，泊晚航，覓洞花，撫岩柏，可到之處，無或遺者，歷數上句中『何處』二字也，是即求仙之路。『劉郎學阮郎』，意明府亦有登臨之癖，故以此戲之。

【校勘】

〔一〕航：原校『一作檣』。

泛舟尋鬱林寺道玄上人遇雨而返因寄

禪扉倚石梯，雲濕雨淒淒。草色分松徑，泉聲咽稻畦。棹移灘鳥没，鐘斷嶺猿啼。入夜花如雪，回舟憶剡溪。

評：寫得幽澹。

寺爲向所熟游之地，『禪扉』句是心中所急欲到者，而爲雨所阻。『草色』二句承次句寫雨景，『移棹』二句寫返，末二句是寄道玄上人。爲尋上人而去，不見上人而返，與剡溪訪戴無異，妙用『花如雪』三字句出。

鬱林寺

臺殿冠嵯峨，春來日日過。水分諸院少，雲近上方多。衆籟凝絲竹，繁英耀綺羅。酒酣詩自逸，乘月棹寒波。

詩中寺已數見，而題寺之詩無不佳者，境先佳也。『春來日日過』，不厭其頻，以每來所見景色無一不妙。即如今日，一水分于諸院，想見竹筒接水，到處涓涓；岩巒半在寺中，想見臺閣巢雲，蕩胸霎霎。泉聲比之絲竹，花色艷于綺羅，酒中詩料，月下波光，攬之無盡，領之不竭，安得而不日日過也。

題崇聖寺寺即故宮也。

西林本行殿，池榭日坡陀。雨過水初漲，雲開山漸多。曉街垂御柳，秋樹閉宮莎。借問龍歸處，鼎湖空碧波。

鼎湖。前見『龍髯』下。黄帝鑄鼎于荆山，鼎成，仙去。後世每宮車大行，率稱『鼎湖』。

此因寺爲故宮而題以致慨也。首句唱明，次句想見荒廢之象，『雨過』『雲開』，寫目前景；『御柳』『宮莎』，追溯故宮昔日。結歸舊事無傳，空有碧波在眼，寄意閑遠。

贈高處士

宅前雲水滿，高興一書生。垂釣有深意，望山〔一〕多遠情。夜棋留客宿，春酒勸僧傾。未作干時計，何人問姓名。

寫處士高雅，著意不俗，通首清迥絶塵，詩稱其人。

【校勘】

〔一〕山：原作『止』，據蜀刻本改。

金谷桃花

花在舞樓空，年年依舊紅。淚光停曉露，愁態倚春風。開處妾先死，落時君亦終。東流兩三片，應在〔一〕夜泉中。

此吊緑珠也。以桃花比緑珠，寫桃花處俱爲緑珠寫照，字字酸楚。

【校勘】

〔一〕在：原校『一作到』。

送僧歸金山寺

老歸江上寺，不忘去聲。舊師恩。駐錫逢山色，停杯〔一〕見浪痕。秋濤吞楚驛，曉月上荆門。爲訪題詩處，莓苔幾字存。

僧自他山老歸舊寺。首二句提起以下二句，一句寫他山，一句寫此處，又二句上半句寫此地，下半句寫他山，末二句送歸，囑其覓我題詩字猶存否，見舊題之在念，悵然于不得以碧紗籠之之日也。

【校勘】

〔一〕杯：原校『一作橈』。

憶長洲

香徑小船通，菱歌繞故宮。魚沉秋水静，鳥宿暮山空。荷葉橋邊雨，蘆花海上風。歸心無處托〔一〕，高枕畫屏中。

竟似置身采香徑畔，聽菱歌，觀魚鳥，挹荷葉，望蘆花，繞故宮，照秋水，覽暮山，凌橋邊，想海上空静之境、風雨之聲，無一不在耳邊目下。讀至『歸心』二字，始知以上俱是心中語，是做題上一『憶』字，鏤空出神。

【校勘】

〔一〕托：蜀刻本作『説』。

再寄殷堯藩秀才

直道知難用，經年向水濱。宅從栽竹貴，家爲買書貧。就學多名〔一〕客，登朝盡故人。蓬萊自有路，莫羡武陵春。

此爲殷秀才勸駕而作。知直道之難容，托水濱以養静。不惜杖頭之費，栽竹買書。家多就學之人，故交先達。秀才高行如此，何不問道蓬萊，而但戀武陵鷄犬也。

【校勘】

〔一〕名：原校「一作新」。

題鄒處士隱居

桑柘满江村，西齋對海門。浪衝高岸響，潮入小池渾。岩樹蔭棋局，山花落酒樽。相逢亦留宿，還似識王孫。

首二句隱居得地，「西齋對海門」，所以有浪衝潮入也；「桑柘滿江村」，所以有樹蔭花落也。留宿似識王孫，嫌于輕薄，非也，蓋實以一飯不望報喻處士也。

贈僧歸敬亭山寺

十年劍中路，傳盡本師經。曉月下黔峽，秋風歸敬亭。開門新樹緑，登閣舊山青。遥想論禪處，松陰水一瓶。

公以僧之往來劍中已久，而此時東歸，故有首二句。『曉月』二句，言去此而歸之路。『開門』二句，寫既歸到寺之景。末二句，寫此後相憶意。以境之澄澈，喻其禪心澄澈也。

新卜原上居寄袁校書

貧居樂游此，江海思迢迢。雪夜書千卷，花時酒一瓢。獨愁秦樹老，孤夢楚山遥。有路應相念，風塵滿黑貂。

首句是『原上居』，言雖暫樂于此，而生平江海之思未息也。『雪夜』二句屬校書，言校書于雪夜花時有書酒消遣，『思迢迢』，正思此耳。『獨愁』二句屬己，言我則愁老于秦樹，而夢遥于楚山，此所謂『江海思』也。『有路』二句，言此時校書亦應念我風塵中憔瘁之狀也。

天街曉望

明星低未央，蓮闕迥蒼蒼。疊鼓催殘月，疏鐘迎早霜。關防浮瑞氣，宫館耀神光。再拜爲君壽，南山高且長。

首句是『曉』，蓮闕是『天街』，蒼蒼是『望』。『疊鼓』二句是『天街曉』，『關防』二句是『天街曉望』。末二句收到祝聖，結南山，不離『望』意，此等應制之什，真金科玉律也。

江上喜洛中親友繼至

戰馬昔紛紛〔一〕，風驚嵩少塵。全家南渡遠，舊友北來頻。罷酒松筠晚，賦詩楊柳〔二〕春。誰言今夜月，同是故鄉人。

嵩少。《十道山川考》：『在河南府登封縣西四十里。戴延之《西征記》：「嵩高，山岩中也，東謂太室，西謂少室，相去十七里。嵩高，其總名也。謂之室者，以其下各有石室。少室高八百六十丈，上方十里，與太室相等焉。」』

『戰馬』二句寫洛中驚擾，『全家』句落出親友繼至，『罷酒』二句寫至後歡洽，逗喜意，結二句滿口喜字。

【校勘】

〔一〕昔紛紛：原校『一作兩河濱』。

〔二〕楊柳：原校『一作蘭桂』。

下第歸朱方寄劉三復

素衣京洛塵，歸棹過南津。故里迹猶在，舊交心更親。月高蕭寺夜，風暖庾樓春。詩酒應無暇，朝朝問旅人。

庾樓。注見七言《李秀才近自塗口》下。

首二句寫下第歸過南津，與『故里』句是朱方，『舊交』句落出三復，『月高』四句寫劉之近況，是相寄之意。『詩酒』二句實一句，言劉正躭于詩酒，應無暇問我也。

送客歸吴興

緑水棹雲月，洞庭歸路長。春橋懸酒幔〔一〕，夜栅集茶檣。箬葉沉溪暖，蘋花繞郭香。應逢柳太守，爲説過瀟湘。

柳太守。柳惲也。惲爲吴興太守，有詩云『汀洲采白蘋』，後人緣此遂以白蘋名洲，柳惲名汀傳焉。首句寫客歸，『洞庭』，叙別之地，『歸路長』以下，寫由楚入越，一路佳境，寫得色色清香，一路引人入勝，末言爲我致聲吴守，余亦已過瀟湘，將來吴越也。

【校勘】

〔一〕幔：原校『一作旆』。

月夜期友人不至

坐待故人宿，月華清興秋。管弦誰處醉，池館此時愁。風過渚蒲動，露含山桂幽。孤吟不覺曙，昨夜共登樓。

首句，『期友人』，次句，『月夜』。『管弦』句寫友人不至，『池館』句寫此地坐待。風過，意其來也。『露含』句，仍寂然也。『孤吟』二句結上，言昨夜約共登樓而令我孤吟達曙也，是倒裝句法。

白馬寺不出院僧

禪心空已寂，世路任多岐。到院客長見，閉關人不知。寺喧聽講絶，厨遠送齋遲。墻外洛陽道，東西無盡時。

六句并寫僧之不出院意，末二句寫寺當衝道，車馬絡繹之聲以一墻隔之，不出院僧空寂已久，付之不見不聞，正結『世路任多岐』意而醒人，意在言外。

寄袁都校書

擾擾換時節，舊山琪樹陰。猶乖清[一]漢志，方[二]負白雲心。廣陌塵埃遠，重門管吹深。勞歌極西望，芸省有知音。

芸省。即芸閣，猶中書省之稱『薇省』意也。

首四句寫近況如此，廣陌重門，與校書相隔。『勞歌』二句言勞相念作歌，令我極感，而西望于芸省之知音也。公以校書與己爲知音，結相寄之意。

【校勘】

〔一〕清：蜀刻本作『青』。

〔二〕方：原校『一作空』。

贈柳璟馮陶二校書

霄漢兩飛鳴，喧喧動禁城。桂堂同日盛，芸閣間年榮。香掩蕙蘭氣，韻高鸞鶴聲。應憐茂陵客，未有子虚名。

茂陵。司馬相如居茂陵，作《子虛》《上林賦》，楊意薦之。

霄漢之上有飛鳴之聲而震動禁城者，非兩校書耶？見在同盛于桂堂，昔年間榮于芸閣，蓋陶、柳同館而先後入館者。『香掩』句言同氣散蘭蕙，『韻高』句言同聲振鸞鶴。『應憐』二句，蓋公之自謙而相贈之詞，非誠望其汲引也。

王秀才自越見訪不遇題詩而回因以酬寄

南齋知數宿，半爲木蘭開。晴閣留詩遍，春帆載酒回。烟深楊子宅，花斷越王臺。自有孤舟興，無妨更一來。

楊子宅、越王臺。注并見七言《冬日登越王臺》下。

孤舟興。用王子猷山陰訪戴事，注累見。

首句秀才留此，次句爲歸舟所促。『晴閣』句，『題詩』，承『南齋』；『春帆』句是『回』，承『蘭舟』。『烟深』，秀才歸里也；『花斷』，不復來此也，玩越王臺，蓋公在南海而秀才見訪。末二句望其更來。

秋霽潼關驛亭

霽色明高巘，關河獨望遥。殘雲歸太華，疏雨過中條。鳥散緑蘿静，蟬鳴〔一〕紅樹凋。何言此時節，去去任蓬飄。

首句寫『潼關霽』三字，唱起。『殘雲』四句，正寫秋霽盡意。『殘雲』二句，實潼關切景得意之句，不妨屢吟也。當此時節，夫復何言？惟任飄蓬而已，二句亦有寄慨。

【校勘】

〔一〕嗚：蜀刻本作『稀』。

送客歸蘭溪

花下送歸客，路長應過秋。暮隨江鳥宿，寒共嶺猿愁。衆水喧嚴瀨，群峰抱沈樓。因君幾南望，曾向此中游。

蘭溪。縣名，屬金華府。

嚴瀨。即嚴江七里瀨，以嚴子陵得名。

沈樓。婺州有沈樓，沈約守婺州時吟詩于此。

首二句，『送客』，『暮隨』二句寫旅況，『衆水』二句寫蘭溪一路所經，末二句寫送意，言因客歸而南望，舊游之處，歷歷在目也。

贻終南山隱者

中岩多少[一]隱，提榼抱琴游。潭冷薜蘿晚，山香松桂秋。瓢閑[二]高樹挂，杯急曲池流。獨有迷津客，東西南北愁。

中岩之隱者皆向此游，以其間有許多佳趣。『潭冷』以下歷數之，有境如此，而不能與群公偕隱，猶爲東西南北之人，迷津不返，愁如何已！

【校勘】

〔一〕少：蜀刻本作『小』。

〔二〕閑：原作『間』，據蜀刻本改。

送李文明下第鄜州覲兄

征夫天一涯，醉别贈吾[一]詩。雁迴参差遠，龍多次第遲。甯歌還夜苦，宋賦更秋悲。的的遥相待，清風白露時。

甯歌。桓公出游，甯戚扣牛角而商歌，公使管仲迎之，戚曰：『浩浩乎白水。』管仲不知所謂，以告妾。妾名倩，倩曰：『古有《白水之歌》，曰：「浩浩白水，儵儵之魚。君來召我，我將安居？」此甯戚之欲仕也。』管仲大悦，以報桓公，遂相齊而齊霸。

宋賦。宋玉有《悲秋賦》。

直叙，起言李文明別日贈詩云離兄下第，若甯戚之歌，若宋玉之賦，今日送別之所囑，惟有望其至秋早來耳，囑其更來赴選也。

【校勘】

〔一〕別贈吾：蜀刻本作『贈別君』。

送段覺歸東陽兼寄竇使君

山水隱〔一〕歸路，陸郎從此諳。秋茶垂露細，寒橘〔二〕帶霜甘。臺倚烏龍嶺，樓侵白鶴潭。沈公如借問，心在浙河南。原注：烏龍嶺、白鶴潭俱在嚴州〔三〕。

陸郎。古詩『陸郎去矣乘班騅』，又『牽雲曳雪留陸郎』。唐人每以『陸郎』况行客。

沈公。沈約曾守婺，故以比竇君。

潵河。在鎮江府丹陽、丹徒界，丁卯橋在潵河之南。

首二句是『段覺歸』，『秋茶』二句寫家鄉風味之美，『臺倚』二句并寫其所經之地，『沈公』二句寄竇也。

【校勘】

〔一〕隱：蜀刻本作引。

〔二〕橘：原作『菊』，據蜀刻本改。

〔三〕原注烏龍嶺白鶴潭俱在嚴州：蜀刻本、書棚本無此注，當爲後人注竄入。

韶州送竇司直出嶺

江曲山如畫，貪程亦駐舟。果隨岩狖落，槎帶水禽流。客散他鄉夜，人歸故國秋。樽前挂帆去，風雨下西樓。

『江曲』五字寫韶州路徑，曲盡其妙，次寫流連之趣，雖極貪程，亦欲駐舟，亦是摹寫絶倒之筆。『果隨』二句寫狖、禽、山、水盡逐行舟，令人領略不盡。『客散』以下寫相别之後，有含毫渺然光景。

傷馮秀才

旅葬不可問，茫茫西隴頭。水雲〔一〕青草濕，山月白楊愁。琴信有時罷，劍傷無處留。淮南舊烟月，孤棹更逢秋。

首寫旅魂沉痛，以『不可問』三字盡之，『茫茫』以下言其實也。『水雲』二句寫葬處，『琴信』二句寫生平，『淮南』二句言此間烟月不復相逢，時值秋期，愈悲孤棹，傷之也。

【校勘】

〔一〕雲：原校『一作烟』。

送鄭寂上人南行

儒家有釋子，年少學支公。心出是非外，迹辭榮辱中。錫寒秦嶺月，杯急楚江風。離怨故園思，小秋梨葉紅。

敍鄭出身儒家，少年學佛，只爲是非榮辱，跳出牢籠，卓錫于秦，近浮杯于楚，而送之之人則因離怨而有故園之思，此時梨葉正紅也。『小秋』二字未詳，疑『小』字誤，或是『小梨秋葉紅』耳。

贈王處士

歸卧養天真，鹿裘烏角巾。茂陵閑久病，彭澤醉長貧。冠蓋西園夜，笙歌北里春。誰憐清渭曲，又老釣魚人。

西園。飛卿詩：『西園公子名無忌。』

北里。杜詩：『北里富薰天。』

首二句寫處士高隱，『茂陵』句寫其高文而病，『彭澤』句寫其輕禄而貧。『冠蓋西園』『笙歌北里』，皆寫世俗繁華，『誰憐』二句承上，言若輩皆不知處士爲渭曲釣魚之一人也，四句一氣貫下。

送友人歸荆楚

調瑟勸離酒，苦諳荆楚門。竹班悲帝女，草緑怨王孫。潮落九疑迴，雨連三峽昏。同來不同去，迢遞更傷魂。

九疑、三峽。注并見後。

首二句送人之荆楚，以『苦諳』二字領通首，言偏是荆楚爲我所頻往來處。『竹班』四句歷指其境，言皆易傷魂之地，昔且同來，今不同去，其爲傷魂，更當何如哉？『苦諳』二字直注在此句。

五言截句

長安早春

雲月有歸處，故山清洛南。秦城一花發，春夢遍江潭。

望雲月而思歸，指故山之所在，曰『有歸處』，則雲月之得所歸，不若人之有故山而不得歸矣。此所以睹秦城一花之發而春夢不覺遍于江潭也。

思天台

赤城雲雪深，山客負歸心。昨夜西齋宿，月明琪樹陰。

赤城。《續仙傳》：『謝自然入海，至一山，遇道士，曰天台司馬承禎，身居赤城，名在絳闕，真良師也。』望赤城之雲、雪而自悔歸心長負，荏苒無時，即如昨夜西齋之月，原未嘗不照徹神山琪樹也，明神仙有路可求，而不能即往之意。

塞〔一〕下

夜戰桑乾北，秦兵半不歸。朝來有鄉信，猶自寄征衣。

指夜戰之方衄，旋得信于朝來，征衣寄于家鄉，而征人敗于昨夜，一『夜』字、一『朝』字、一『猶自』字，寫得酸楚不可言。

【校勘】

〔一〕塞：原作『寨』，據蜀刻本、書棚本改。

聞歌

新秋管弦清，時轉遏雲聲。曲盡不知處，月高風滿城。

首五字已盡題事，下十五字境界俱在五字中推演而出。當新秋之時，氣已清極，而又加以管弦之清，其聲能不遏雲乎？曲盡無從聽其去來之處，但見月高而風聲滿城已耳。寫得歌聲清曠無限，『曲終人不見，江上數峰青』，又别一境界。

雨後懷湖山居

前山風雨凉，歇馬坐垂楊。何處芙蓉落，南渠秋水香。

因凉而歇馬于垂楊，忽然念及于芙蓉落水，香滿南渠，湖山秋景，宛然于目，悠然于心，此所以爲懷湖山居也。

丁卯集箋注卷之五

七言律

送陸拾遺東歸

獨振儒風遇盛時，紫泥初出〔一〕世人知。文章報主非無意，書劍還家素有期。秋寺卧雲移棹晚，暮江乘月落帆遲。東歸自是緣清興，莫比商山詠紫芝。

紫泥。《西京雜記》：『漢以武都紫泥爲璽室，加緑綈于其上。』又《隴右記》：『武都紫水有泥，紫而粘，用貢封璽書，故詔誥有紫泥之美。』

紫芝。四皓歌：『曄曄紫芝，可以療饑。』詳見後。

此以功業勖拾遺也。方拾遺初出，以獨振儒風之品，而幸際盛時，一世之人皆知其必有所以報主者，不止文章而已，即今書劍還家，亦其潔清素志。高雅風流，或移棹卧雲，或落帆乘月，要爲六月之息，暫緣清興，則可豈得高卧東山若四皓之飄然物外哉？曰『非無意』，曰『素有期』，儼然有見可而進、知難而退、出處不苟氣象，所謂『儒風』者，此也。

【校勘】

〔一〕出：原校『一作降』。

南陽道中

月斜孤館傍村行，野店高低帶古城。籬上曉花齋後落，井邊秋葉社前生。饑烏索哺隨雛叫，乳牸慵歸望犢鳴。荒草連天風動地，不知誰學武侯耕。

評：草木有性，禽鳥有情，理會極精。

南陽。《禹貢》：『豫州之域。』戰國時屬韓。秦置南陽郡，治宛。漢光武起兵春陵，更立淯水，皆此地。隨曰鄧州，宋曰宛州，金曰申州，明爲南陽府，國朝因之。

武侯。諸葛亮，字孔明，琅琊人。避亂，躬耕南陽。卧龍岡在府城南，有諸葛草廬，即先主三顧處。『荒草』二句，蓋隱然運會之坎坷，乾坤之摇蕩，思撥亂之人而望卧龍之起也。公豈無心世道者哉？

此于行旅之時歷叙所經所見而致意于卧龍之望也。『月斜孤館』，方起身時，『傍村行』以下正叙道中，『曉花』『秋葉』是上半日所見，『飢烏』『乳犊』是下半日所見，四句草、木、鳥、獸皆有，一種蕭颯急遽不得其所之象，却似一段暮氣，所以末二句曰『草連天』而『風動地』，斯何時哉？而尚有高卧南陽躬耕待聘者否耶？二句寄托高遠。

湖南徐明府余之南鄰久不歸因題林館

湘南官滿不歸來，高閣經年掩緑苔。魚溢池塘秋雨過，鳥還洲島暮雲回。階前石穩棋終局，窗外山高酒滿杯。借問先生在何處，遠籬疏菊又花開。

評：有『空山無人，水流花開』之意。

遠籬。陶詩：『采菊東籬下，悠然見南山。』

此以徐明府宦游留滯，林館空虚，而致其歸休之望也。首句言不歸，次句言不歸之久，而林館寂莫。魚、鳥、棋、酒，皆可娱之物；池塘、洲島、山石，皆可娱之境；秋雨、暮雲，皆可娱之時，而明府不歸至于經年之久，不知何故。甚矣！東籬之菊何幸而遇淵明，不幸而遇明府也！代林館作《北山移文》，色色寫得歸思飛動。

驪山〔一〕

聞説先皇醉碧桃，日華浮動〔二〕鬱金袍。風隨玉輦笙歌迴，雲捲珠簾劍佩高。鳳駕北歸山寂寂，龍旗西幸水滔滔。娥眉没後巡游少，瓦落宫〔三〕墻見野蒿。

評：真感慨。

驪山。陝西西安府臨潼縣有東、西二綉嶺，下有温泉，不火而熱。唐太宗建華清宫，先名温泉宫，有朝元殿、朝元閣，又建梨園，爲子弟按曲之所。

鬱金。《本草》：『鬱金不耐日炙，染衣最鮮明，染成有鬱金香氣也。』

此因過驪山而有感于明皇之事以垂戒也。前四句寫游幸之盛，後四句寫荒凉之景。『鳳駕』句謂肅宗還靈武，『龍旗』句謂玄宗幸蜀，『娥眉』指貴妃。朱東岩曰：『通篇著眼在「聞説」二字，言今日道經于此，宫墻瓦落，满目野蒿，昔日豪華，杳無所見。所云「醉碧桃」「鬱金袍」「珠簾」「玉輦」「劍佩」「笙歌」，皆聞説也。五、六二句即七之「巡游少」三字，感慨之極。至于「瓦落宫墻見野蒿」而止，便是恰好，如義山「如何四紀爲天子，不及盧家有莫愁」等句，未免過火。詩可以怨，只是恰好，所謂「哀而不傷」也。』

【校勘】

〔一〕驪山：原校『《英華》作「途經驪山」』。

〔二〕動：原校『一作艷』。

〔三〕宫：原作『官』，據蜀刻本、書棚本改。

咸陽城東樓〔一〕

一上高樓萬里愁，蒹葭楊柳似汀洲。溪雲初起日沉閣，山雨欲來風滿樓。鳥下緑蕪秦苑夕，蟬鳴黄葉漢宫秋。行人莫問當年事，故國東來渭水流〔二〕。

咸陽。陝西西安府咸陽縣，秦爲咸陽，漢爲渭城，晉爲石安，唐爲咸陽。自周、秦、西漢、晉、後周、隋并都此。

汀洲。白居易記：『湖州城東南二百步抵霅溪，溪連汀洲，一名白蘋，梁吴興太守柳惲于此賦詩云「汀洲采白蘋」，因以名柳惲汀、白蘋洲。』

秦苑。《廣輿記》：『渭南縣，始皇建上林苑，内名果、奇樹凡二千餘種，阿房宫在焉，東西三里，南北五百步。庭際可容十萬人，車行酒，騎行炙。其外有城，名阿城。』

漢宫。建章、長楊、五柞、長樂諸宫在焉。

此公在咸陽城樓登眺而有感也。一上高城，望見蒹葭、楊柳，有似汀洲，宛然江南澤國，此身在萬里之外，能無動愁哉？斯時也，日沉閣而溪雲起，風滿樓而山雨來，陰黯之色、清凄之景，已足動人愁思矣。而且鳥下緑蕪之夕，依然秦苑也；蟬鳴黄葉之秋，依然漢宫也。行人切莫復問當年前事，已盡付之流水，其愁予懷者，又豈可言盡哉？『莫問』者，猶言不須題起也，正是愁極無説處，如聞扼腕之聲。

【校勘】

〔一〕咸陽城東樓：原校『《鼓吹》作「咸陽城西門晚眺」』。

〔二〕行人莫問當年事故國東來渭水流：原校『一作「行人莫問前朝事渭水寒光晝夜流」』。

京口閑寄京洛友人〔一〕

吴門烟月昔同游，楓葉蘆花并蒲浪切，同傍。客舟。聚散有期雲北去，浮沉無計水東流。一樽酒盡青山暮，千里書回碧樹秋。何處相思不相見，鳳城宫闕楚江樓。

此公于家居而寄兩都親友也。『吴門』，誌其地，『烟月』，誌其景，又用『楓葉』『蘆花』『客舟』以誌同游之物候。想公閑居正在秋時，不覺因時感念，對景懷人也。三、四是追往事，五、六是感目前。『鳳城』，兩都也，『楚江』，京口也，一結極爲有致。

洛陽也。』

【校勘】

〔一〕京口閑寄京洛友人：原校『《鼓吹》作「京口閑居寄兩都親友」，京口即潤州，兩都，西都長安、東都洛陽也。』

冬日登越王臺懷歸

月澄〔一〕高岫宿雲開，萬里歸心獨上來。河畔雪飛楊子宅，海邊花盛越王臺。瀧分桂嶺魚難過，瘴近衡峰雁却回。鄉信漸稀人漸老，只應頻看北枝梅。

『鄉信漸稀人漸老，只應頻看北枝梅』評：結得冷隽。

越王臺。《廣輿記》：『尉佗築臺以朝漢，在廣州府南海縣。』詳見後《朝臺送客》下。

楊子宅。《廣輿記》：『即今成都縣，有楊雄宅、載酒亭、草玄臺在焉。』按此無涉，蓋公以楊子宅喻己所居。公別墅在丁卯橋運河之旁，在今丹徒、丹陽之間，故曰『河畔』，正賦家鄉之境，所謂歸懷也。

桂嶺。《廣輿記》：『南雄府始興縣有桂山，樂昌縣有三瀧水：新瀧、垂瀧、腰瀧，三派頗險。』

衡峰。《廣輿記》：『衡州府衡陽縣有衡山，即南嶽也，周八百里，上七十二峰，有回雁峰，在府城南，雁至衡陽則不過。或曰峰勢如雁之回，故名。』

此公在南海時以登臺而動歸思也。登眺而見月落雲開，歸心忽上。念家鄉于楊子之宅，置此身于越王之臺，河畔、海邊，相去萬里。所以魚雁難通，信稀人老，歸去無期，年年看北枝之梅花而留滯于此也。梅花南枝開早，北枝開遲，亦喻己不早達之意。粵東冬月不寒，非時之花，如美人蕉、月月紅、九里香，在隆冬時依然繁盛，故河畔雪飛之際，正海邊花盛之時，非親歷其地者不知也。

《廣東通志》：『唐許渾詩「河畔雪飛楊子宅」，楊子，漢議郎楊孚也，字孝元，嘗樹河南五鬣松于廣城北岸。粵東無雪，至是乃降。後有張瓊者，掘地得磚，曰「楊孝元宅」。』按此以『楊子宅』亦指南海地，與越王臺并在一處，與上『萬里歸心』似不相貫。且粵東至今少雪，嘗有七八十歲人云生平未見雪者，恐此解亦不甚的，姑備參。

【校勘】

〔一〕澄：蜀刻本、書棚本作『沉』。

對　雪

雲度龍山暗綺城，先飛淅瀝引輕盈。素娥冉冉拜瑶闕，皓鶴紛紛朝玉京。陰嶺有風梅豔散，寒林無月桂華清。剡溪一醉十年事，忽憶棹回天未明。

龍山。鮑照詩：『胡風吹朔雪，萬里度龍山。』注：龍山在雲中郡，一名雪山，即李義山詩『龍山萬里無多遠』者也。

玉京。《靈樞金景内經》：『下離塵障，上界玉京。』

剡溪。注别見。王子猷雪夜由此訪戴處，詩亦暗用此事。

此賦雪也。李義山《詠雪》云『寒氣先侵玉女扉，清光旋透省郎帷』，題前先作兩層，然後云『梅花大庾嶺頭發，柳絮章臺街裏飛』，凡三層寫。公詩『雲度龍山』一層，『先飛淅瀝』二層，然後至『素娥』『皓鶴』云云，亦作三層寫，可知作法未有無層次者。『陰嶺』二句，又將風月來寫照，點染雪之能事畢矣。『剡溪』二句又及十年前于剡溪一醉之時，亦適值雪景如此，回棹未明一事同于山陰訪戴也。

送蕭處士歸緱嶺别業

醉斜烏帽髮如絲，曾看仙人一局棋。賓館有魚爲客久，鄉書無雁到家遲。緱山住近吹笙廟，湘水行逢鼓瑟祠。今夜月明何處宿，九疑雲盡緑参差。

緱嶺。緱山，山在中嶽，即今緱氏縣，上有石室、飲鶴池。《列仙傳》：『王子晉善吹笙，七月七日，乘白鶴于緱氏山頭，舉手謝時人而去。』又云：『王子晉游伊、洛之間，道者浮邱公，接以上嵩山。』

一局棋。《述異志》：『晉樵者王質，伐木入信都郡石室山，見二童子棋，與質一物，如棗核，食之而觀。童子曰：「汝斧柯爛矣。」質遂歸，鄉里無復時人。』

有魚。《史記》：『馮驩在孟嘗君門下，彈鋏而歌曰：「長鋏歸來乎，食無魚。」』

湘水。在湖廣永州府城北，其水清澈，雖十丈見底。

鼓瑟。《楚詞》：『使湘靈鼓瑟兮，令海若舞。』杜工部《酬高蜀州》詩：『鼓瑟至今悲帝子。』

九疑。《括地志》：『九疑山在永州唐興縣東南。』《湘中記》云：『九山相似，行者疑焉，故得名。』又云：『九向九背。』又蒼梧有九山相似，人望之則疑此是彼，故名。山在道州榮道縣，朱明、石城、石樓、娥皇、舜原、女英、蕭山、桂林、梓林，謂之九山。又九疑舜嘗登此，或曰舜葬道州九疑，二妃從至此，以淚灑竹成班，故至今稱湘妃竹。

首言處士已老，家在緱山，必如王質看過仙棋也。賓館有魚，故爲客久；鄉書無雁，故到家遲。今且歸矣，家在緱山，住近王子吹笙之廟；路經湘水，行逢二妃鼓瑟之祠。今夜月明，泊舟何處？必且九疑之下，對此山之碧色而參差相映也。朱東岩曰：『前四句寫處士，後四句寫送歸，篇中「吹笙」「鼓瑟」等事，雖就處士所歸之地、所經之路而言，然必處士年老好道，故以仙侶比之也。』

與韓鄭二秀才同舟東下洛中親友送至景雲寺〔一〕

三十六峰横一川，緑陂〔二〕無路草芊芊。牛羊晚食鋪平地，雕鶚晴飛摩遠天。洛客盡回臨水寺，楚人皆逐下江舡。東西未有相逢日，更把繁華共醉眠。

三十六〔三〕峰。河南嵩山三十六峰。

首言來此寺下，三十六峰映帶一川，凝眸長望，緑陂葺草，若無通津，但見牛羊晚聚，鵝鸛晴飛而已。『洛客』指親朋，『楚人』指己與二秀才，一別則親朋臨水寺而回，吾則下江舡而去。東西相隔，未卜重逢何日，再與逐繁華之景而共醉眠也。『繁華』即指洛中，廖謂與韓、鄭共醉眠，似未是。朱東岩曰：『景雲寺前，洛中人送東下客登舟之處，遥想此寺之前三十六峰掩映一川，緑陂長草，渺無去路，絶好一幅横疋山水，惟緑陂〔四〕無水，但見牛羊鋪地而已，鵝鸛摩天而已。言此察上察下之物各有所性，各有所得，爾、我同舟東下，席散分手，揮淚下舡，東西分路，後晤無期，不知何故，皆眼前指點語，寧僅作寫景觀而已耶？』

【校勘】

〔一〕景雲寺：原校『《鼓吹》作「景雲亭下」』。

〔二〕陂：蜀刻本、書棚本作『波』。

〔三〕三十六：原本無，據詩文及卷七《酬錢汝州》詩注『三十六峰』云『見「嵩山」下』補。

〔四〕陂：原作『坡』，據詩文改。

長安歲暮

獨望天門倚劍歌，干時無計老關河〔一〕。東歸萬里慚張翰，西上四年羞卞和。花暗楚城春醉少，月凉秦塞夜愁多。三山歲歲有人去，惟恐海風生白波〔二〕。

三山。《史記》：『蓬萊、浪苑、瀛洲，此三神山，諸仙及不死之藥在焉。黄金、白銀爲宫闕。未至，望之如雲。及到，三山反居水下。欲到，則風引船而去，終莫能至者。』

張翰。注見『鱸膾、蓴羹』下。

卞和。注見『荆山泣玉』下。

此公在長安鬱鬱不得志而作也。獨望天門，倚劍悲歌，干時無計，關河跋涉，冉冉老矣，不能若張翰之東歸，而竟如卞和之西上。曰『萬里』，曰『四年』，蓋舉數番往返，閲時屢歲而言之也。是以花暗楚城，已非一日；月凉秦塞，亦非一時，春醉少而夜愁多，何以堪此！所以然者，利名之心不能自了，徒望三山而羡人之仙去也。

【校勘】

〔一〕獨望天門倚劍歌干時無計老關河：原校『一作每望青雲憶薜蘿長安九陌獨悲歌』。

〔二〕三山歲歲有人去惟恐海風生白波：原校『一作蓬萊有路不知處漲海悠悠空碧波』。

贈茅山高拾遺

課〔一〕獵歸來綺季歌，大茅峰影滿秋波。山齋留客掃紅葉，野艇送僧披緑莎。長覆舊圖棋勢盡，遍添新品藥名多。雲中黄鵠日千里，自宿自飛無網羅。

評：曠達之致不遠，目前事，妙！妙！

綺季歌。商山四皓中有綺里季，歌即《紫芝歌》也，歌别見。此贈拾遺之退隱而詠其高尚也。因高居近茅山，故云『課獵』，以高志托四皓，故歌綺季，大茅之影，倒映秋波，喻其如山之高，如水之清也。『山齋』『野艇』，極美其幽居適情之物。翻棋而勢盡舊圖，蒔藥而名多新品，亦極見閑適雅趣，誠何異于黄鵠之在雲中，不特飄然于網羅之外也。鴻飛冥冥，弋者慕之，公之嘆羡拾遺，情見于詞矣。覆，復也，如今之按譜布局以消永日者是也。

【校勘】

〔一〕課：蜀刻本、書棚本作『諫』，是。

李秀才近自塗口遷居新安適枉緘書乃〔一〕寬悲戚因以此答

遠書開罷更依依，晨坐高臺竟落暉。顔巷雪深人已去，庾樓花盛客初歸。東堂望絶遷鶯起，南國哀餘候雁飛。今日勞君猶問訊，一官唯長故山薇。

庾樓。《晉書》：『庾元規亮在武昌，諸僚佐、殷浩等乘秋夜共登南樓，俄而亮至，諸人將起避，亮曰：

「諸君少住，老子于此興復不淺。」』『顔巷』喻李舊居，『庾樓』喻公官舍，『東堂』句喻李已還而足音絶響，『南國』句喻已離思莫解而盼其音書也。

此得李秀才之書而答詩，歷叙彼此別後近狀也。首言得書開讀，依依不舍，自晨起而至落日，竟日之間。因念其舊居則顔巷雪深而人已去，自塗口遷居新安也；此間官舍，則庾樓花發而客初歸，不得復與賓僚之列也。『東堂』句承『庾樓』，言此間而遷鶯望絶，不復能來；『南國』句即承『望絶』意，惟望南國而增哀，盼音書于雁足也。『今日』云云，正答問訊之詞，言宦况無他，惟有故山之薇已長，行將歸去，采蕨邱園也。

【校勘】

〔一〕乃：蜀刻本、書棚本作『見』。

贈蕭兵曹

廣陵堤上昔離居，帆轉瀟湘萬里餘。楚客病時無鵩鳥，越鄉〔一〕歸去有鱸魚。潮生水國蒹葭響，雨過山城橘柚疏。聞説携琴兼載酒，邑人争識〔二〕馬相如。

評：落筆蕭疏。

廣陵。今揚州。

瀟湘。《圖經》：『湘水自陽海發源，至零陵北而瀠水會之，二水合流，謂之瀟湘。瀟者，水清深之名。』非另有江名瀟也。

鵩鳥。即咻嚠。賈誼爲長沙王傅，鵩鳥入承塵上，以爲不祥。餘別見。

鱸魚。注屢見。

此與蕭兵曹訴彼此離緒也。言自廣陵別後即去瀟湘，曰『萬里餘』者，即其回旋所歷而總計之，故曰『轉』，因在瀟湘，故曰『楚客』，因在楚而病，病而愈，未至如賈誼，故曰『無鵩鳥』，以上叙己之近狀。『越鄉』以下，則以兵曹在家之境得于傳聞者言之，因念鱸魚而歸去，在水在山，逍遥于蒹葭、橘柚之間，而傳聞琴酒之雅興，到處皆知兵曹而争識其面也，因兵曹倦游，故以長卿爲喻。

【校勘】

〔一〕鄉：原校『一作江』。

〔二〕邑人争識：原校『一作邛人休羨』。邛：原作『功』，據蜀刻本、書棚本改。

題舒女廟

山槳迎來去不言，廟前高柳水禽喧。綺羅無色雨侵帳，珠翠有聲風繞幡。妝鏡尚疑山月滿，寢屏猶認野花繁。孤舟夢斷行雲散，何限離心寄曉猿。

評：颯然有神。

行雲。宋玉《神女賦》：『朝爲行雲，暮爲行雨。』

首句寫舒女，言其去來宛然，次句寫廟，言其水樹蔭帶。『綺羅』『珠翠』寫舒女，『雨侵帳』『風繞幡』寫廟；『妝鏡』『寢屏』寫舒女，『山月』『野花』寫廟，四句皆兩邊夾寫。末二句用巫山神女以喻其寄無情于有情也。李玉溪《聖女廟》詩云『蕚緑華來無定所，杜蘭香去未移時』，亦覺儼然去來，而公以『山槳迎來去不言』一句括之，何等簡凈；又『一春夢雨常飄瓦，盡日靈風不滿旗』，以風雨寫神女之恍惚，不如『雨侵帳』『風繞幡』之實在也。

姑熟官舍

草生官舍似閑居，雪照南窗滿素書。貧後始知爲吏拙，病來還喜識人疏。青雲豈有窺梁燕，濁水應無避釣魚。不待秋風便歸去，紫陽山下是吾廬。

評：淡語醒人。

姑孰。今太平縣。《本傳》：『公爲太平縣令。』

秋風。用張翰思鱸魚膾事。

紫陽。山在徽州，并非雲陽，疑是華陽『華』字之訛耳。

此公在太平時自言其宦況官箴，而終以歸去爲志也。草生官舍，雪照南窗，名挂冠裳，依然儒素，清風高致，穆乎可想。貧知吏拙，病識人疏，自貶乎？自譽也。鴻鵠志在千里，窺梁之燕豈有意于青雲？水清則無大魚，避釣之魚無須去乎濁水，宛然一卑論儕俗、和光同塵之象。『青雲』句喻己之無心速化，『濁水』句喻己之渾俗和光，自嘲乎？自抑也。若此鬱鬱久居，非我素志，豈待鱸魚、蓴菜而後稅駕衡門也哉？蓋公甫入仕途，即有軒冕浮雲氣象，如此高風，千古足景仰矣。

凌歊〔一〕臺送韋秀才

雲起高臺日未沉，數村殘照半岩陰。野蠶成繭桑柘盡，溪鳥引雛蒲稗深。帆勢依依投極浦，鐘聲杳杳隔前林。故山迢遞故人去，一夜月明千里心。

凌歊臺。注見《凌歊臺》詩下。

千里。謝莊《月賦》：『美人邁兮信音絶，隔千里兮共明月。』

朱東岩曰：『唐人即景寫意，俱有著落。如此篇送韋秀才，只因秀才晚年未就，栖栖久客，借此半陰景色，策秀才極早加鞭。一起指別時之景，即承『日未沉』三字來，妙！妙！蓋『未』字與『將』字、『欲』字有別，曰『將沉』『欲沉』，危之之辭也，曰『未沉』，乃慰之之辭，猶云將沉而正未也。三、四指別時之景，即承『日未沉』三字意來，言蠶已成矣，鳥已引雛矣，桑已盡而蒲已深矣，時已至此，不能少留，可爲猛省也。五、六叙別後之情，言帆勢依依，猶可望見，鐘聲杳杳，漸已遠離，然一輪明月，千里共照，雖故人迢遞，而千里可期也。再玩『成蠶』『引雛』語意，又似因秀才年晚心孤，望其引進後人，不必終日奔走風塵，欲有所圖，以自勞苦矣。

【校勘】

〔一〕歊：原作『敲』，據蜀刻本、書棚本改。下同。

送嶺南盧判官罷職歸華陰山居

曾事劉琨雁塞空，十年書劍似〔一〕飄蓬。東堂舊屈〔二〕移山志，南國新來煮海功。還掛一帆青草畔，更開三徑碧蓮中。關西舊友如相問，已許滄浪伴釣翁。

劉琨。《晉書》：『琨字越石，與祖逖俱爲司州主簿。聞鷄鳴，中夜起舞。嘗曰：「吾枕戈待旦，志梟叛逆，但恐祖生先我著鞭。」在晉陽，爲騎兵所圍，琨乘月登樓，中夜清嘯，奏笳，敵人聞之，有懷土〔三〕之思，棄圍去。惠帝光熙元年十月，太傅越表劉琨爲并州刺史。』并州有雁門，近胡，故曰雁塞。

東堂。後秦姚興聽政之暇，引姜龕等士人于東堂講論道藝。

移山。《唐書》：『李元紘爲雍州司户參軍，時太平公主勢震天下，有司望風順旨。與民争碾磑，元紘判還之民，長史竇懷貞趣〔四〕改之，元紘大署判後曰：「南山可移，判不可改。」遂改作好時令。』

煮海。《前漢書·晁錯傳》：『吴王即山鑄錢，煮海爲鹽。』

青草。湖名，蓋以范蠡比之。

三徑。《漢書》：『蔣詡，杜陵人。哀帝時爲兖州刺史，免官，歸卧不出户。嘗于舍前竹下開三徑，惟故人求仲、羊仲從之游。』

碧蓮。太華峰上有蓮華峰。

首以盧判官之從事于節使，如事劉琨而一空雁塞，十載飄蓬，至於今日。叙其官嶺南之由，初在東堂有南山不移之操；繼居南國，有煮海爲鹽之功，蓋判官先掌判案，而後領鹽鹾，故有此二句。而今且罷職回家，帆挂湖中，徑開山下，亦極去得瀟灑。將來吾亦效尤。歸遇故人問訊，爲我告以與君同志，亦有歸釣滄浪之興也。

【校勘】

〔一〕似：原校『一作任』。

〔二〕屈：原校『一作有』。
〔三〕土：原作『上』，據《晉書》卷六二《劉琨傳》改。
〔四〕趣：原作『趨』，據《新唐書》卷一二六《李元紘傳》改。

將度故城湖阻風夜泊永陽戍

行盡清溪日已蹉，雲容山影水嵯峨。樓前歸客怨清夢，樓上美人凝夜歌。獨樹高高風勢急，平湖渺渺月明多。終期一艇載樵去，來往使帆凌白波。

此公在湖邊候風因而觸動歸思也。首二句是自溪入湖一路所見之景，『日已蹉』，將暮也，歸思又將入夢矣。樓前夜泊，樓下聞歌，旅人之懷，誰能堪此？此時風勢加于高樹，月明曠于平湖，其在熱中者，或有乘風破浪之思。而公則淡于宦情，終期一艇徜徉，載樵長往，使帆凌波，以遂歸隱之願而已。此詩有律中帶古，近于江西一派，集中另是一色筆墨。

鄭侍御廳玩鶴

碧天飛舞下晴莎，金谷〔一〕瑶池絶網羅。岩響數聲風滿樹，岸移孤影雪凌波。緱山去遠雲霄迥，遼海歸遲歲月多。雙翅一〔二〕開千萬里，衹因〔三〕栖隱戀喬柯。

評：貌物有神。

緱山。《列仙傳》：『王子喬，周靈王太子晉也，七月七日，于緱氏山乘白鶴仙去。』遼海。丁令威，本遼東人，後化白鶴，歸集城門華表柱，空中言曰：『有鳥有鳥丁令威，去家千年今始歸。城郭猶是人民非，何不學仙冢壘壘。』

此公詠鶴而自寓己志也。一題必有前一層，鶴在廳前，而其先則自碧天而下，首句前一層也。後在待御之廳，則雖金谷而與瑶池無異。于是而玩其聲則風聲滿樹，玩其色則雪影凌波，鶴之能事畢矣。又以鶴之故實證之，其或爲子晉之所乘，其或爲令威之所化，俱未可知，然皆不能終在目前而爲人所常玩之物。一開萬里，栖隱岩阿，庶幾其爲鶴之志乎？此爲題後一層。唐人賦物皆有寓意，杜工部云『老鶴萬里心』，公之寓意蓋在是矣。

【校勘】

〔一〕谷：蜀刻本、書棚本作『閣』。

〔二〕一：蜀刻本作『亦』。

〔三〕因：蜀刻本、書棚本作『應』。

南庭夜坐貽開元禪〔一〕定二道者

暮暮焚香何處宿，西岩一室映疏藤。光陰難駐迹如客，寒暑不驚心是僧。高樹有風聞夜磬，遠山無月見秋燈。身閑境静日爲樂，若問其餘非我能。

此公夜坐南庭，有得于禪定之趣，而與僧談禪理也。首二句唱起『南庭夜坐』。『光陰』二句蓋因客居而念人生于世大都如客，即『天地者萬物之逆旅，光陰者百代之過客』意，明乎此，則寒暑何必驚心，而心如僧之禪定矣。有風無月，聞磬見燈，皆有自然順應之妙，即下境静夜坐時一室中之所見所聞也。『身閑』承『心不驚』來，『日爲樂』承『光陰』『寒暑』來。結句言我之所能者如是而已，至于靈光炯炯、智體如如，以至上證無生，超出三界，非我所能，二道者其遂能之耶？

【校勘】

〔一〕禪：原作『禪』，據蜀刻本、書棚本改。

朱坡故少保杜公池亭

杜陵池榭綺城東，孤島回汀路不窮。高岫乍疑三峽近，遠波初似五湖通。楸梧葉暗瀟瀟雨，菱荇花香淡淡風。還有昔時巢燕在，飛來飛去畫堂中〔一〕。

此公在朱坡池亭而心傷杜公也。『杜陵池榭』是杜公池亭，『綺城東』是朱坡，孤島回汀，紆回曲折，曰『路不窮』，則深遠可知。下正言其實也，高岫則疑近于三峽，遠波則似通于五湖，岫上之楸梧則暗于瀟瀟之雨，波中之菱荇則香來淡淡之風，池亭之所有如此。此昔少保杜公居游之處也，曾不能如巢燕，今日依然在畫堂來去自如。然則人生不滿百，縱有池亭，亦何益哉？曰『還有』者，言繁華消歇無幾多時，燕子目中猶及見之也，二字妙。

【校勘】

〔一〕中：原校『一作空』。

秋日早朝〔一〕

宵衣應待絶更籌，環佩鏘鏘月下樓。井轉轆轤千樹曉，鏁開閶闔萬山秋。龍旗盡列趨金殿，雉扇纔分拜玉旒。虚戴鐵冠無一事，滄江歸去老漁舟〔二〕。

轆轤。井上汲水器。古詩：『井上轆轤床上轉。』又唐詩：『轆轤夜轉銀瓶冷。』

閶闔。《大人賦》：『排閶闔而入帝宫。』注：『閶闔，天門也。』

龍旗。旗，干旄之屬。《説文》：『錯革鳥其上，以進士衆者也。』

雉尾。《儀衛志》：唐制有雉尾、障扇。崔豹《古今注》：『雉尾扇，起于殷世，高宗時有雉雊之祥，服章多用翟羽，緝雉羽爲扇，以障風塵。』

鐵冠。唐制，御史鐵冠、豸服，亦名法冠。時公爲侍御，故云。

此公爲侍御時早朝之作。前四句俱在未朝時，宵衣待漏，初起時；環佩趨朝，方至樓時；井轉轆轤，朝内宫外；鎖開閶闔，宫門方啓；至尊臨軒，龍旗盡列；排仗殿前，雉分展拜，然後行朝拜之禮，凡作六層，次第寫來，纖悉周密。末二句直是自叙履歷收結。唐人早朝之什無慮數百首，如此冠冕堂皇中復穠纖細膩，固自出群。朱東岩云：『一起直從天子勤政、宵衣旰食落想。便自得體。』

【校勘】

〔一〕早朝：原校『《鼓吹》作「候扇」』。

〔二〕滄江歸去老漁舟：原校『一作滄江歸老釣漁舟』。

滄浪峽

纓帶流塵髮半霜，獨尋殘月下滄浪。一聲溪鳥暗雲散，萬片野花流水香。昔日未知方外樂，暮年初信夢中忙。紅蝦青鯽紫芹脆，歸去不辭來路長。

此公在滄浪峽中得自適之趣而動歸思也。日在風塵，忙忙不已，鬢髮半蒼，而偶然獨尋殘月，得下滄浪，以濯纓塵，何快如之！當是時，聞溪鳥一聲，則暗雲適散；見野花萬片，則流水皆香，儼然桃花源境矣。昔日不知此方外之樂，而今暮年始信夢中之忙，人生夢幻泡影，皆方外語，故曰『夢中』。然則何不及早抽簪竟賦歸去哉？紅蝦等物，皆歷舉家鄉所有而言之也。

登故洛陽城

禾黍離離半野蒿，昔人城此豈知勞。水聲東去市朝變，山勢北來宮殿高。鴉噪暮雲歸古堞，雁迷寒雨下空濠[一]。可憐緱嶺登仙子，猶[二]自吹笙醉碧桃。

洛陽。即河南府故城，在府城東、洛水北，即周公所營成周也，東漢、西晉、後魏皆都此，今爲省。

禾黍。《詩》：『《黍離》，閔宗周也。周東遷後，大夫行役過故都，見宗廟宫室盡爲禾黍，作是詩。』

緱嶺。見前《送蕭處士》下。

此于洛陽故城而動廢興之感也。首二句因今日之禾黍满前而追溯前人城此之時，猶言早知今日何必當年也。『水聲』句指今日，承『禾黍』，『山勢』句指當初，承『城此』。『鵶噪』云云，又就此時所見鵶噪暮雲、雁迷寒雨，以今洛陽故城中之古堞、空濠寂寞凄凉光景，以見萬萬不能已于感慨傷心之故，即以忘世之人，亦當爲之變色。而奈何緱山仙子猶自吹笙而醉碧桃也。末二句收得沉痛，『可憐』二字，直以仙人爲醉生夢死也。

【校勘】

〔一〕濠：蜀刻本、書棚本作『壕』。

〔二〕猶：原校『一作獨』。

聞釋子栖玄欲奉道因寄

欲求真訣戀禪扃，羽帔方袍盡有情。仙骨本微靈鶴遠，法心潛動毒龍驚。三山未有偷桃計，四海初傳問菊名。今日勸師師莫惑，長生難學證無生。

毒龍。《水經注》：『五臺山名爲紫府，仙人之居，其北臺之山即文殊師利常鎮毒龍之所。』

三山。見前《長安春暮》下。

偷桃。《漢武内傳》：『七月七日，上于承華殿齋，忽有一青鳥從西方來集殿前。上問東方朔，朔曰：「此西王母欲來也。」有頃，王母至，乘紫雲之輦，駕五色斑龍。上殿，自設精饌，以柈盤同〔一〕盛桃七枚，帝食之甘美，懷其核。王母問故，帝曰：「欲種之耳。」母笑曰：「此桃三千年一開花，三千年一結實。」南窗下有人窺看，帝驚問何人，王母曰：「是我鄰家小兒東方朔，性多滑稽，曾三偷此桃矣。此子昔爲太上仙官，但務游戲，太上謫使在人間也。」』

問菊。《名山記》曰：『道士朱孺子服菊草，乘雲升天。』

此因栖玄之馳心歧路而寄此以解其惑也。或釋或道，認真一途，俱可成就，若棄此入彼，兩途馳騖，倏忽改移，必至兩失。栖玄既爲釋子，則當專心禪定，首句云云，言應當如此也，而又欲學道，羽帔方袍，盡覺有情，則其心無定向。吾恐其仙骨本微而靈鶴遠，道則未必有成；法心潛動而毒龍驚，魔且高于千丈矣。『偷桃』『問菊』，言欲藉服食以求仙也，欲偷桃而無計，則必不可得，欲問菊而初傳，則前此無基，曰『三山』，言無路可通也，曰『四海』，言鐵鞋踏破也，如此求仙，不已惑乎？長生難學，不如得證無生，仍其故我可也。栖玄必向與公爲方外深交，故言之忠告如此。

【校勘】

〔一〕同：《三洞群仙録》卷四引《漢武内傳》無此字。

南海府罷南康阻淺行侶稍稍登陸主人燕餞至頻暮宿東溪

暗灘水落漲虚沙，灘去秦吴萬里賒〔一〕。馬上折殘江北柳，舟中開盡嶺南花。離歌不斷如留客，歸夢初驚似到家。山鳥一聲人未起，半床春月在天涯。

此公于粤東官罷來歸，在南康燕餞而賦也。灘在水下，舟行水上，不知有沙，故曰『暗灘』，粤水落則沙出阻舟，往往遲滯，程期愈遠，逆計由粤達吴、由吴達秦，不啻萬里之賒矣，二句賦『南康阻淺行侶稍稍登陸』十字。『馬上』二句，言主人燕餞之情，暨舟中留滯時日之久，言自南海而至南康，處處有餞行之人也，以上賦『主人燕餞至頻』六字。『歸夢』以下，則賦『暮宿東溪』也。

【校勘】

〔一〕賒：原校『一作斜』。

秋晚雲陽驛西亭蓮池

心憶蓮塘秉燭游，葉殘花敗尚維舟。烟開翠扇清風曉，水泛紅衣白露秋。神女暫來雲易散，仙娥初去月難留。空懷遠道無持贈，醉倚欄干盡日愁。

神女。《襄陽耆舊傳》：『楚襄王游于高唐，怠而晝寢，夢一婦人曰：「我帝之女，名瑶姬，未行而亡，封于巫山之臺。」乃辭去，曰：「妾在巫山之陽，高邱之阻，朝爲行雲，暮爲行雨。」比旦視之，如其言，乃爲立廟，名朝雲。』

仙娥。羿得不死之藥于西王母，嫦娥得之而奔月，是爲蟾蜍。

道遠。古樂府：『道遠不可思，宿夜夢見之。』

持贈。陶弘景詩：『山中何所有？嶺上多白雲。祇可自怡悦，不堪持贈君。』

公于里中時在雲陽驛西亭蓮池游覽盤桓，至是睽離日久，而時時懷想。首言心憶西亭之蓮，秉燭來游，雖葉敗花殘，而尚維舟相賞。翠扇烟開，清風欲曉，紅衣水泛，白露零秋。譬如神女行雲，暫來易散；姮娥奔月，終去難留。令我時刻相思，空懷道遠，無以持贈，惟盡日倚欄愁望而已。『心憶』二字與結句首尾呼應。

題勤〔一〕尊師歷陽山居并序

師即思齊之孫，頃爲故相國肖〔二〕公録用。相國致政，尊師亦自邊將入道，因贈是詩。

三十知兵在羽林，中年潛識子房心。蒼鷹出塞胡塵滅，白鶴還鄉楚水深。春拆酒瓶浮藥氣，晚携棋局帶松陰。鷄籠山上雲多處，自斸黄精不可尋。

此賦尊師棄職入道也。尊師以三十之年知兵而入宿衛，願乃潔清勇退，不過中年而已，如子房辟穀，豈不可欽？『蒼鷹』句承『知兵』，指尊師爲邊將時；『白鶴』句承『子房』，指尊師入道。『春坼』二句，言尊師山居雅事，『酒瓶浮藥氣』『棋局帶松陰』，幾于不食人間烟火矣。有時入山采尋藥物，則人不能知其處。其高雅如此，真堪題贈矣。

【校勘】

〔一〕勤：原作『勒』，據蜀刻本、書棚本、崇禎本改。

〔二〕肖：原校『「肖」字疑是「趙」字之訛』。蜀刻本、書棚本作『蕭』。

懷舊居

兵書一篋老無功，故國荆〔一〕扉在夢中。藤蔓覆梨張谷暗，草芃侵菊庾園空。朱門迹忝登龍客，白屋心期失馬翁。楚水吴山何處是，北窗殘月照屏風。

張谷。杜詩：『張梨亦易求。』注：潘岳賦云：『張公大谷之梨。』洛陽北邙張公夏梨，海内惟一樹。

庾園。芃音蓬。《南史》：『庾詵字彦寶，新野人。愛林泉，十畝之宅，山地居其半也。』

登龍。《世説》：『李元禮風格秀整，高自標持，後進之士有升其堂者，皆以爲登龍門。』

失馬。《淮南子》：『塞上翁其馬亡入胡，人吊之，翁曰：「此何詎不爲福？」數月，其馬將胡駿馬而歸，人賀之，翁曰：「此何詎不爲禍？」家富馬良，其子好騎，墮而折髀，人皆吊之，翁曰：「此何詎不爲福？」居一年，胡夷入寇，丁壯者皆控弦而戰，十死其七八，此子獨以跛被放，得免于難，故父子卒相保。』

白屋。劉向《説苑》：『周公旦白屋之士，所下者七十人，天下之士皆至。』

此公欲致仕而懷故居也。言少壯之時，志在靖亂，今年已老矣，兵書在篋，無功矣，故國荆扉，時在夢寐。藤蔓覆梨，草芃侵菊，胡不歸而治之乎？今也循念生平，已與朱門之榮，仍忝登龍之客；常懷白屋之賤，當如失馬之翁。而此時留滯于此，楚水吴山，依然在彼，徒令人想舊居之北窗殘月掩映屏風而已。

【校勘】

〔一〕荆：蜀刻本、書棚本作『郊』。

祗命許昌自郊居移入公館秋日寄茅山高拾遺

一笛秋〔一〕風萬葉飛，强携刀筆换荷衣。潮寒水國秋砧早，月暗山城夜漏稀。岩響遠聞樵客過，浦深遥送釣童歸。中年未識從軍樂，虚近三茅望少微。

評：何等幽致。

此公逗遛許昌而詠寄拾遺也。『祇命』，候命也，先有從軍之命，而更待後命始發，在許昌佇俟。首句提出『秋日』，次句承明『祇命』，曰『刀筆』，蓋麾下幕職，如軍諮、記室之屬，言當秋風葉落之際，而得幕下從軍之役。正當家鄉砧杵〔二〕初敲之際，恰在山城夜漏之中，二句是『郊居移入公館秋日』八字。『岩響』二句，是高拾遺在茅山景況，聞岩響而知樵客之過，因浦深而送釣童之歸，何等閑適，以此而與刀筆從軍相較，苦樂固已天淵。『中年』二句，正承『强携』意，言欲與拾遺相依而不可得，惟望三茅而神往耳，已〔三〕少微星爲隱士，屬拾遺。

【校勘】

〔一〕秋：蜀刻本作『迎』。

〔二〕杵：原作『杼』，據文意改。

〔三〕已：疑當作『以』。

哭虞將軍

白首從軍未有名，迴〔一〕將孤劍到江城。巴童戍久能番語，胡馬調多解漢行。對雪夜窮黄石

《略》，望雲秋計黑山程。可憐身死家猶遠，汴水東流無哭聲。

黄石。漢黄石公以《三略》授張良。

黑山。前見。山在榆林衛，水草甘茂，邊騎内侵必駐此。

首言昔從軍者鮮有知名之將，近惟虞君提劍江城，見其號令智謀，迥出凡輩。覩巴人從戍之久，能明番語，胡馬調習之多，亦解漢行，可見矣。且夜窮黄石之《略》，秋計黑山之程，此皆名將所爲，而今者身死他鄉，去家猶遠，杳無哭聲，惟聞汴水之聲而已，豈不重可哀哉！

【校勘】

〔一〕迥：蜀刻本、書棚本作『近』。

晚自朝臺至韋隱居郊園

秋來梟雁下方塘，繫馬朝臺步夕陽。村徑繞山松葉暗，柴門臨水稻花香。雲連海氣琴書潤，風帶潮聲枕簟凉。西去磻溪猶萬里，可能垂白待文王。

評：通首精密工緻，有韻有情。

朝臺。裴淵《廣州記》曰：『尉佗築臺以朝漢室，圓基千步，直峭百丈，螺道盤旋而上，登進頂上，凡廣方三畝，朔、望升拜。』

『鳧雁下方塘』，寫一『秋』字，『繫〔一〕馬』句寫一『晚』字。『村徑繞山』寫『自朝臺』三字，『柴門臨水』寫『至韋隱居郊園』五字。『海氣』『潮聲』，郊園之景，『琴書』『枕簟』，郊園之物，色色寫得幽雅清潤，與隱居相稱。末二句又以此地之絶遠于皤溪，而慮韋之不能終遇文王也，是隱居身分，有爲隱居致惜意。

【校勘】

〔一〕繫：原作『擊』，據詩文改。

寓居開元精舍酬薛秀才見貽

知己蕭條信陸沉，茂陵扶疾卧西林。芰荷風起客堂静，松桂月高僧院深。清露下時傷旅鬢，白雲歸處寄鄉心。勞君詩思猶相憶，題在空齋夜夜吟。

評：幽爽。

陸沉。《晉書·陶侃傳》：『神州陸沉。』陸沉者，陸地平沉也。

茂陵。《史記》：『司馬相如居茂陵，有消渴疾。』

西林。見《寄契盈上人》下。

此叙寓居歷寂之致而致感于秀才之見貽也。首二句言知己業已陸沉，凋零已盡，句中有如薛者已不可多得意，茂陵移疾，叙寓居精舍之故。『芰荷』『松桂』，叙精舍所有，『客堂静』『僧舍深』，則岑寂之況可知，曰『客』、曰『僧』，皆非知己也，如此蕭條。感清露之下而傷旅鬢之稀，望白雲之歸而托鄉心之返，雲、露之外，無可瞻溯。當此之時，而勞君相憶貽詩，珍重之情逾于拱璧矣，所以空齋題詠而不忍捨也。

别劉秀才

三獻無功玉有瑕，更携書劍客天涯。孤吟〔一〕夜别瀟湘雨，廣陌春期鄠杜花。燈照水螢千照滅，棹驚灘雁一行斜。關河萬里秋風急，望見鄉山不到家。

三獻。見『泣玉荆山』下。

公與友人相别還家而共訴不遇之苦也。玩詩意，想在下第之後。以下和自擬，則失意可知，更携書劍，又客天涯，其在屢舉不第之時乎？此時夜别，在瀟湘雨中；後日會期，在鄠杜花下，蓋言將來赴舉，仍在京師相晤也，寫盡下第同人相别彼此飲泣之況。燈照水螢，棹驚灘雁，景象蕭瑟，無不令人於邑。如此則歸心似箭，急欲到家，而望望愈遠，真有不可忍耐一刻之苦，使困于場屋者不堪卒讀也。

【校勘】

〔一〕吟：蜀刻本、書棚本作『帆』。

早發天台中岩寺度關嶺次天姥岑

來往天台天姥間，欲求真訣駐衰顏。星河半落岩前寺，雲霧初開嶺上關。丹壑樹多風浩浩，碧溪苔淺水潺潺。可知劉阮逢人處，行盡深山又是山。

劉阮。漢永平中有劉晨、阮肇入天台采藥，失道，見桃實，食之。行數里，至溪滸，見一杯流出，有胡麻飯。溪邊二女，呼曰：『劉、阮二郎。』迎歸爲夫婦。後歸，子孫已七世矣。

此因天台經行而賦也。來往天台、天姥之間，因而欲求真訣，如劉、阮之駐衰顏，聊試言之耳，曰『欲求』者，求不求亦在有意無意間也。于是賦其景則『星河半落』『雲霧初開』，是早發；賦其地則『岩前寺』『嶺上關』，是中岩寺。但見丹壑碧溪、風聲水色，所聞所見，浩浩潺潺，如是而已。至于劉、阮逢人之處，可知乎？不可知也，『行盡深山又是山』，猶言『只在此山中，雲深不知處』也，然則真訣豈誠可求，而衰顏豈可駐哉？

游錢塘青山李隱居西齋

小隱西亭爲客開，翠蘿深處遍蒼苔。林間掃石安棋局，岩下分泉遞酒杯。蘭葉露光秋月上，蘆花風起夜潮來。雲山繞屋猶嫌淺，欲棹漁舟近釣臺。

評：漸近自然。

此游西齋而賦其景也。李隱居之西亭在翠蘿深處，苔封久矣，爲客至而後開。今日得游其地，見其掃石安棋，分泉遞酒，岩間林下，色色可人。月露之光，凝于蘭葉，潮風之起，摇動蘆花，清迥絶塵，想見隱居高致。而李且更上一層，猶以雲山繞屋爲淺，而欲棹于釣臺以避世也。嗟乎！小隱隱于深山，此其所以爲隱居乎？釣臺在西湖孤山下，非嚴江之釣臺也。

春日郊園戲贈楊蝦評事

十里蒹葭入薜蘿，春風誰許暫鳴珂。相如渴後狂還減，曼倩歸〔一〕來語更多。門枕碧溪冰皓耀，檻齊青嶂雪嵯峨。野橋沽酒茅檐醉，誰羡紅樓一曲歌。

此公因過楊評事郊園而賦詩戲贈也。郊園在郊外十里，蒹葭水國，薜蘿曲徑，儘可優游。内中且有紅樓歌曲之人，豈肯拋此春光一刻，其誰許鳴珂而暫離乎？曰『誰許』，則必有不許之人可知，戲言評事之懼内也。『相如』二句承『誰許』來，方相如既爲文園令，後欲買妾，致文君有《白頭吟》云『聞君有兩意，故來相決絶』之語，此相如之狂也，後得消渴之疾，其或者以渴後而其狂已減乎？抑或如曼倩有歸遺細君而致交謫之聲，其語更多乎？門枕碧溪，檻齊青嶂，實寫郊園之境，承『蒹葭』、『薜蘿』句。末二句言我則與君所好迥別，但圖沽酒一醉茅檐，至于紅樓一曲，匪我思存也。通首俱與評事諧謔之語，故題曰『戲贈』。

【校勘】

〔一〕歸：蜀刻本、書棚本作『飢』。

晚自東郭回留一二游侶

鄉心迢遞宦情微，吏散尋幽竟落暉。林下草腥巢鷺宿，洞前雲濕雨龍歸。鐘隨野艇回孤棹，鼓絶山城掩半扉。今夜西齋好風月，一瓢春酒莫相違。

此于東郭游歸而賦也。鄉心迢遞，歸思抑鬱，思于吏事之暇散悶尋幽。至于竟日盤桓林下，洞前郭外之地，草腥而知巢鷺之宿，雲濕而覺雨龍之歸，極寫尋幽。鐘隨回棹，鼓絶掩扉，落暉之後，已至更深矣。因語游侶曰：『西齋春酒，尚可消遣，何妨長夜盡興乎？』寫得淋漓瀟灑，字字清逸。

與鄭秀才叔侄會送楊秀才昆仲東歸

書劍功遲白髮新，異鄉仍送故鄉人。阮公留客竹齋晚，田氏到家荆樹春。雪盡塞鴻南翥少，風來胡馬北嘶頻。洞庭烟月如終老，誰是長楊諫獵人。

阮公。大、小阮爲叔侄，以比鄭。

田氏。《續齊諧記》：『田廣、田真、田慶兄弟三人，始分財，其夜庭前一紫荆樹便枯。兄弟嘆之，却合，即榮茂如故。』以比楊。

長楊。楊雄有《長楊賦》，諫武帝獵，意亦指楊。

此于餞送之中而寓意勸駕也。楊氏昆仲蓋懷才不遇者，故爲此慰勉之詞。首句言己之不能早致通顯，至于今數上長安，甫得一第，而白髮已新，今送故鄉之人于異鄉，倍覺情親。『阮公』句言與鄭叔侄同餞于西郊也，『田氏』句言楊昆季東歸一堂聚首也。『雪盡』言此時皆是歸鴻，蓋亦在下第之後，『風來』言明歲又應北上，仍當赴舉之候。七、八二句即承此句意而反言之，言適如君兄弟之才華，而終老于洞庭烟月之中，則誰爲獻賦之人也哉？勸其將來稅駕應舉也。『人』字韻重，偶不檢耳。

送郭秀才游天台并序

余與郭秀才同玩朱審畫《天台山圖》，秀才因游是山，題詩贈别。

雲埋陰壑雪凝峰，半壁天台已萬重。人度碧溪疑輟棹，僧歸蒼嶺似聞鐘。暖眠鸂鶒晴灘草，高挂獮猴暮澗松。曾約共游今獨去，赤城西面水溶溶。

評：悠然寂然處，爲畫傳神。

赤城。見前。

此于畫中摹寫天台之景色以送李秀才往游也。首二句領起畫圖，極言畫之深遠，不半壁而重重疊疊，已令人卧游不盡矣。試看夫人渡碧溪，宛然輟棹，僧歸蒼嶺，儼似聞鐘，鸂鶒自知晴暖而眠于灘草，獮猴如覺日暮而挂于澗松，四句總將畫游夾寫。似此若置身于畫圖之上，即如置身于天台山内，今即不與郭同游，而赤城仙境已不啻親歷矣。

送張尊師歸洞庭

能琴道士洞庭西，風滿歸帆路不迷。對岸水花霜後淺，傍檐山果雨來低。杉松近晚移茶灶，岩谷初寒蓋藥畦。他日相思兩行字，無人知處武陵溪。

評：説景處帶經理，妙！

武陵溪。陶淵明《桃花源記》：『晉太元中，武陵人捕魚爲業。溪行，忘路之遠近，忽逢桃花，夾岸數百步，中無雜木，芳華鮮美，落英繽紛。漁人異之，尋路而入，見黄髮垂髫，問之，皆避秦人也，問今是何代，直不知有漢，無論晉魏。既白太守，隨往尋之，迷不復得路。』

此公與道士爲方外交而詩以送之也。首二句叙其能琴而歸于洞庭。『對岸』四句，叙其時洞庭景色，『水花』『山果』『茶灶』『藥畦』，皆與道士高雅相稱，事事近于仙家享用，與花源之人相去無幾何矣。他日問訊，恐如武陵溪之迷不得路也，寫得尊師身分。

丁卯集箋注卷之六

七言律

移攝太平寄前李明府

病移[一]岩邑稱閑身，何處風光貰酒頻。溪柳繞門彭澤令，野花連洞武陵人。嬌歌自駐壺中景，艷舞長留海上春。早晚高臺更同醉，緑蘿如帳草如茵。

此公以移攝太平爲得地而寄詩李明府相訂後會也。公之宦游，實同吏隱，以病而量移岩邑，幸得清閑，足以詩酒自遣，不妨游屐東西，何處風光尤美而可使我貰酒頻來也？其惟明府之家乎？明府之高雅與彭澤令彷彿，明府之居處與武陵人相同，嬌歌艷舞，雖不離人世之紛華，而明府性情雅尚仙道，壺中海上，即在人間，駐景長春何難。指日行且同醉高臺，更如前事，以蘿爲帳，以草爲茵，相與逍遥于長林豐草之間矣。高臺，蓋即凌歊臺。

【校勘】

〔一〕病移：原校『一作多非』。

金陵懷古

《玉樹》歌殘王氣終，景陽兵合戍樓空。松楸遠近千官冢，禾黍高低六代宫。石燕拂雲晴亦雨，江豚吹浪夜還風。英雄一去豪華盡，惟有青山似洛中。

評：靈潤之氣，拂拂筆端。

玉樹。陳後主叔寶有《玉樹後庭花》《金釵兩臂垂》及《璧月夜夜滿》《瓊樹朝朝新》等曲，日夜歡宴。

景陽。《廣輿記》：『景陽樓在臺城内，齊武帝時置鐘其上，宫人聞鐘聲即起。』

石燕。《湘中記》：『零陵有石燕，得風雨則飛翔，風雨止，還爲石。』

江豚。《易·風澤中孚》云：『孚及豚魚。』即江豚也。風行水上，未至而豚先知之，故爲相感孚之至。蓋沿江居民以江豚出水爲拜風，藉此以占風信也。

此感六朝興廢也。首言陳後主專事游宴，至于國亡，而《玉樹》歌殘，王氣已盡；隋之韓擒虎將兵入陳，而景陽付之一炬，戍樓已空。但見松楸生于千官之冢，禾黍滿于六代之宫，冢殿荒蕪，霸圖消滅，良可惜也。自古及今，惟石燕飛翔，江豚出没，景物常存耳。若英雄一去，豪華殆盡，不復再留，豈能若青山之無恙哉？

朱東岩曰：『劉夢得《西塞山懷古》單論吴主事，只五句一轉，用「幾回」二字收拾五代廢興，手法高妙。公此篇單論陳後主事，只一起「王氣終」三字，已括盡六朝，尤爲另出手眼。「玉樹歌殘」與「景陽兵合」作對，直將鼎革改命大事視同兒戲，真可慨也！松杉、禾黍，皆當時朝朝《瓊樹》、夜夜《璧月》之地、之人，正與下文「豪華」兩字反照。嗟嗟！英雄已去，景物常存，雨雨風風，年年依舊，獨前代豪華杳不復留矣。「青山似洛中」，猶言不似者之正多也。』

姑蘇懷古

宫館餘基輟棹過，黍苗無限獨悲歌。荒臺麋鹿争新草，空苑鳧鷖占淺莎。吴岫雨來虚檻冷，楚江風急遠帆多。可憐國破忠臣死，日日東流生白波。

荒臺。《史記》：『伍員諫吴王夫差曰：「臣見麋鹿游姑蘇之臺矣。」』

此在吴閶興感而吊伍相也。宫館僅存餘基，輟棹一過，但見黍苗無限，能不悲歌也哉？蓋所悲者，吴、越之興亡猶淺，而忠臣之被戮更深。下正寫悲歌之實，荒臺麋鹿，空苑鳧鷖，吴岫雨來，楚江風急，所聞所見，無一非增悲之物，而尤憐者，國破矣，忠臣死矣，而英魂不泯，獨與江流上下千古也。『東流』『白波』，蓋指吴門胥江言之。

凌歊臺

宋祖凌歊樂未回，三千歌舞宿層臺。湘潭雲盡暮山出，巴蜀雪消春水來。行殿有基荒薺合，寢園無主野棠開。百年便作萬年計，岩畔古碑空綠苔。

凌歊。臺在江南太平府當塗縣北黄山上，宋高祖劉豫所築也。《廣輿記》：『太平府城北黄山巔，右黄山非徽州黄山也。』

歊。班孟堅《西都賦》：『吐金景，歊浮雲。』

歌舞。宋武帝嘗登此臺，且建離宫焉。

古碑。李白《凌歊臺》詩云：『曠望登古臺，臺高極人目。欲覽碑上文，苔侵豈堪讀。』首言宋祖昔登此臺，游樂不已，三千歌舞，曾宿此臺，何其盛也！登臺遠望，見湘潭雲盡而山出，巴蜀雪消而水來，至今日行殿故基，荒薺已合，寢園無主，野棠亂開。人生不滿百年，常作萬年之計，豈知一死之後，古碑苔積，豪華消歇哉？

朱東岩曰：『通篇寫宋祖樂游忘返，以寓感慨之意也。《楊子雲傳》曰：「散歊蒸。」歊，暑氣也。行殿，即離宫，乃生前之殿。漢有寢廟園，於陵上作之，以象生平，所謂原廟也，乃死後之園。言宋祖代晉承統，築臺避暑，即于此處立一行殿，立碑自叙，以爲萬年之計，亦烏知百年之後，不惟子孫坐殿不成，即自己亦已無主，豈不可嘆！嗟嗟！荒薺野棠，猶占春色，豪華事業，轉瞬無存，登斯臺者，可以少悟矣！』

再游姑蘇玉芝觀

高梧一葉下秋初，迢遞重廊舊寄居。月過碧窗今夜酒，雨昏紅壁〔一〕去年書。玉池露冷芙蓉淺，瓊樹風高薜荔疏。明日挂帆更東去，仙翁應笑爲鱸魚。

此游玉芝觀而賦其時景也。首句紀其時，次句起「再游」。「月過」句紀今日飲酒，「雨昏」句溯去年書壁，二句夾出「再游」。「玉池」二句又紀其時之景，申首句「秋初」意。七、八二句，明日別去，是再游後一層，去姑蘇而東則松江矣，秋風方起，鱸膾初鮮，興復不淺，生平刻刻與季鷹爲徒，所謂風月襟懷，林泉肺腑，市朝一轍，公豈口頭巢許哉！

【校勘】

〔一〕壁：原作「璧」，據蜀刻本、書棚本改。下同。

夜歸驛樓

水晚雲秋山不窮，自疑身在畫屏中。孤舟移棹三〔一〕江月，高閣捲簾千樹風。窗下覆棋殘局在，橘邊沽酒半壚空。早炊香稻待鱸鱠，南浦〔二〕未明尋釣翁。

三江。松江有三江口，謂東江、北江、中江。

此於松江道上賦其風物之美以紀勝也。首句言水雲相引，而山亦隨之不窮，則此身隨地皆畫屏中人物矣。人中境，境中人，移步換形，便覺有無數畫屏活潑潑地在个中變現。孤舟移棹于月下，是一幅《行舟載月圖》，高閣捲簾于風前，是一幅《秋林挹爽圖》。至于覆棋窗下，則子聲丁丁，沽酒橘邊，則清芬沸沸，何一非韻物、韻事，而皆在畫屏中人領取。而尤有美焉者，則香稻初春，鱸魚正上，時乎時乎，不可失也，早炊以待，急覓釣翁，南浦既明而後尋，恐其已晚也。以上二首，應在一時之作。

【校勘】

〔一〕三：蜀刻本、書棚本作『二』。

〔二〕浦：蜀刻本、書棚本作『渚』。

題靈山寺行堅師院

西岩一徑不通樵，八十持盂未覺遥。龍在石潭聞夜雨，雁移沙渚見秋潮。經岩〔一〕露濕文多暗，香印風吹字半銷。應笑東歸又南去，越山無路水迢迢。

此題靈山寺之深幽高古，而見行堅之道力不凡也。『西岩』句言山徑之險仄，樵且不通，而行堅持鉢上下，不覺其遥，則其八十强健刻苦行脚可知。龍在石潭而夜雨可聞，言寺之深；雁移沙渚而秋潮可見，言寺之高。經岩文濕，言寺之幽；香印字消，言寺之古。師爲住持其中，聞聞見見，露露風風，世出世間，慧定出一頭第矣。而見我東歸又南去，碌碌如斯，能不啞然失笑乎？『東歸』，公自長安歸來，自西而東也。『南去』，由吴入越，自東而南也。『越山』句七字從『南去』貫下，二句又從『應笑』二字貫下，并二句作一句也。

【校勘】

〔一〕岩：蜀刻本、書棚本作『函』。

題韋長史山居

一官惟買晝公堂，但得身閑日自長。琴曲少聲重勘譜，藥丸多忌更尋方。溪浮箬葉添杯緑，泉繞松根助茗香。明日鱖魚何處釣，門前春水似滄浪。

此賦長史山居之適。首二句提起，一官之俸餘，止足買堂之資，美韋清况，而且勇退身閑，消受日長之樂。『琴曲』四句，正其實也，重調曲譜，更定丸方，浮緑杯于箬下，挹泉水于松間，凡此皆長史之以閑身長日而領取此山居之佳趣者。且不獨此而已也，春水可釣，即在門前，長史可以從容忘老矣。寫得清雅甜適，人境俱佳。

贈李伊闕并序

前伊闕李師〔一〕晦侍御辭秩歸山，過余所止，醉圖二室于屋壁，亦招隱之旨也，因而有贈焉。

桐履如飛不可尋，一壺雙笈嶧陽琴。舟横野渡寒風急，門掩荒山夜雪深。貧笑白駒無去意，病慚黄鵠有歸心。雲間二室勞君畫，水墨蒼蒼半壁陰。

評：相逢雖暫，情寄自深。

嶧陽。《書·禹貢》：『嶧陽孤桐。』

白駒。《詩》：『皎皎白駒，執之維之。』

黄鵠。《莊子》：『黄鵠一舉千里。』

二室。謂太室、少室。

此詠李侍御之高尚而愧己之不逮也。李伊闕急流勇退，桐履如飛，翛然肥遁，一壺雙笈嶧陽，酒與琴、書三物之外，他無有也。于是入水則舟横野渡，入山則門掩荒山，極言境之岑寂清潔也。若我之貧而猶戀白駒，絶無去意，自覺可笑；我之病而不爲黄鵠，但有歸心，深覺懷慚。今看畫雲山于半壁，水墨蒼蒼，招我于嵩山、少室間，高情雅意，豈可負哉？

【校勘】

〔一〕師：原作『帥』，據蜀刻本、書棚本、崇禎本改。

重游練湖懷舊并序

余嘗與故宋補闕次都秋夕游練湖亭，今復登賞，愴然有感，因賦是詩。

西風渺渺月連天，同醉蘭舟未十年。《鵩鳥》賦成人已没，《嘉魚》詩在世空傳。榮枯盡寄浮雲外，哀樂猶驚逝水前。日暮長堤更回首，一聲鄰笛舊山川。

蘭舟。任昉《述異記》曰：『木蘭川在潯陽江中，多木蘭樹。昔吴王闔閭樹之，爲構宫殿之用。魯班因刻爲舟。』詩家所用『木蘭舟』『蘭槳』俱本此。

《鵩鳥》。已屢見。

《嘉魚》。《詩》：『南有嘉魚，樂有〔一〕賢也。』

一聲鄰笛。向子期《思舊賦》：『余少與嵇〔二〕康、吕安居止接近，其後各以事見法。逝將西邁，經其舊廬，于時日薄虞淵，寒冰凄然。鄰人有吹笛者，發聲寥亮。追思曩昔游宴之好，感昔而嘆，故作賦云。』

首言向者風月連天，與補闕同醉蘭舟，曾未十年，而已作故人，《鵩鳥》之賦果成不祥，《嘉魚》之詩空傳于世。嗟乎！榮枯一瞬，付之浮雲；而哀樂在心，猶驚逝水。當此日暮之時，長堤回首而望，一聲鄰笛，物是人非，追思補闕之意幾何，不與山陽同痛哉！

【校勘】

〔一〕有：《毛詩》卷一〇作『與』。

〔二〕嵇：原作『稽』，據《文選》卷一六改。

乘月棹舟送大曆寺靈聰上人不及

萬峰秋盡百泉清，舊鎖禪扉在赤城。楓浦客來烟未散，竹窗僧去月猶明。杯浮野渡魚龍遠，錫響空山虎豹驚。一字不留何足訝，白雲無路水無情。

評：寫出高曠之致，令人可慕。

赤城。已前見。《天台賦》：『霞標赤城。』靈聰想于天台別有蘭若，故有『舊鎖』云云。

杯浮。《高僧傳》：『杯浮者，不知其人姓名，嘗乘木杯浮渡河，因以名焉。宋文帝元嘉元年，行至赤山湖而死。』

錫響。《高僧傳》：『梁寶誌公在天目山，山中多虎豹，錫杖一振，則虎豹皆遠遁不見。』

此公因極蚤送靈聰不及而賦也。首二句寫出一大曆寺清境，以興起靈聰之高。『楓浦』句是『乘月棹舟』，言烟未散而已來；『竹窗』句是『不及』，月猶明而上人已去，題事盡矣。下言靈聰法力，若杯浮之野渡而魚龍變化，若誌公之錫響而虎豹驚逃。其神通如此，則其絶迹空行，盡去語言文字之障碍，一字不留，若行雲流水之不可追，又何足怪耶？『雲水』喻行踪無路，『無情』形容不及意。

汴河亭

廣陵花盛帝東游，先劈崐崘一派流。百二禁兵辭象闕，三千宫女下龍舟。凝雲鼓震星辰動，拂浪旗開日月浮。四海義〔一〕師歸有道，迷樓還似〔二〕景陽樓。

廣陵。《大業拾遺記》：『大業十二年，煬帝將幸江都，命雲屯將軍麻叔謀浚黄河入汴堤，使勝巨艦。叔謀銜命甚酷，以鐵脚木鵝試彼深淺，鵝止，謂浚河之夫不忠，隊伍死水下。帝離都至汴，御龍舟，蕭妃乘鳳軻，錦帆彩纜，窮極靡侈。舟前爲舞臺，臺上垂蔽日簾。簾即蒲澤國所進，以負山蛟睫紉〔三〕蓮根絲貫小珠間睫編成，雖曉日激射而光不能透。每舟選妙麗長白女子千人，執雕板鏤金檝，號爲殿脚女。吟《持檝篇》曰：「舊曲歌桃李，新妝艷落梅。將身傍輕檝，知是渡江來。」詔殿脚女千輩唱之。帝自達廣陵宫，昏湎滋深。爲妖祟所惑，嘗游吴公宅鷄臺，恍惚間與陳後主相遇，後主問帝曰：「龍舟之游樂乎？始謂陛下致治在堯舜之上，今日復此逸游，大抵人生各圖快樂，曩時何見罪之深也？三十六封書至今使人怏怏不悦。」帝忽悟，叱之，倏然不見。』

迷樓。煬帝好靡侈，每顧近侍曰：『人主享天下之富，亦欲極當年之樂，自快其意。今天下富安，内外無事，此吾得以遂其樂也。今宫室雖極壯麗，苦無曲房小室，幽軒短檻，若得此，則吾期老于其中也。』近侍高昌奏曰：『臣有友項昇，浙人也，自言能構宫室。』翼日，詔而問之，昇曰：『臣乞先進圖本。』後日進圖，帝覽，大悦，即日詔有司供具材木。凡役夫數萬，經歲而成。樓閣高下，軒窗掩映，幽房曲室，玉楯朱欄，互相聯屬，回環四合，曲屋自通，千門萬牖，上下金碧，工巧之極，自古無有也。費用金玉，帑庫爲之一空。人悮入者，雖終日不能出。帝幸之，大喜，顧左右曰：『使真仙游其中，亦當自迷也，可目之曰迷樓。』詔以五品官賜昇，仍給内庫帛千匹賞之。詔選後宫良家女數千以居樓中，每一幸，輒經月不出。後帝幸江都，唐帝提兵，號令入京，見迷樓，太宗曰：『此皆民膏血所爲也。』乃命縱火焚之，經月不滅。

景陽。見前《金陵懷古》下。

此詠汴河而極陳煬帝盤游之侈以垂戒也。煬帝以花盛廣陵，而掘黄河通汴以幸江都。兵衛之盛，則選鋒禁卒極于百二之雄；帆槳之華，則殿脚宫娥至于三千之夥。鼓吹徹〔四〕雲，星辰爲之震動；旌旗蔽日，波浪爲之沸騰。如此赫奕，如此繁華，而天下歸心真主，迷樓付之一炬，亡隋之速，竟爲亡陳之續，曾不能以一瞬，可不鑒哉！可不惧哉！李義山云『玉璽不緣歸日角，錦帆應自遍天涯』，公曰『四海義師歸有道』，爲唐臣子，歸美于祖宗，體自宜爾，然亦是千古正論。

【校勘】

〔一〕義：原作『我』，據蜀刻本、書棚本改。

〔二〕還似：原校『一作何異』。

〔三〕紉：原作『幻』，據《宋百川學海》本《隋遺録》（即《大業拾遺記》）改。

〔四〕徹：原作『轍』，據文意改。

村舍二首

自剪青莎織雨衣，南峰烟火是柴扉。山妻早報〔一〕蒸梨〔二〕熟，童子遥迎種豆歸。魚下碧潭當鏡躍，鳥還青嶂拂屏飛。花時未免人來往，欲買嚴光舊釣磯。

評：有惟恐不深之意，故佳。

尚平多累自歸〔三〕難，一日身閑〔四〕一日安。山徑有雲收獵網，水門〔五〕無月挂魚竿。花間酒氣春風遠，竹裏棋聲夜雨寒。三頃水田秋更熟，北窗誰拂舊塵冠。

評：自在受用。

蒸梨。《家語》：『曾子之妻以蒸梨不熟，因出之。』

種豆。漢楊惲書曰：『種一頃豆，落而爲萁。』

尚平。一作『向平』。男女婚嫁既畢，遂遨游山水，不知所終，云仙去。

首言村人出剪青莎，將織衣以蔽雨，而村南烟火之處是其家也。妻報蒸梨，子迎種豆，見村舍妻子之樂。魚躍碧潭，鳥還青嶂，見村舍可樂之景。惟花開時人相往來，猶厭其煩擾，欲買嚴光之釣磯而避世也，此寫出村人躭静之意，而村景之如桃源，亦愈可見矣。朱東岩曰：『讀前四句，宛然自耕自織帝力何有氣象。讀後四句，宛然鳶飛魚躍躭静自得光景。金聖歎曰：「此如王摩詰《秋歸輞川》詩，何必村中定無是人，何必村中定有是人，只是一片高情高品忽從胸中筆下驀地自然流出，此自是天地間固有之真詩也。」』

二首皆公極寫村居之樂，隱然置身此境而栩栩自得也。東岩引聖歎云云，極看得圓活。第一首前六句皆寫村居之事、之境，而以『花時』二句更進一層結之，宛然入山惟恐不深矣。然而有所不能者，以向平之累未了也，所以有願自違，而不能終就村居之樂，一日得之，立地便是仙人。有雲則收獵網，無月則挂魚竿，花間酌酒，竹下彈棋，鋪陳一日安閑無往而不自得之趣。末二句正言若能遂得此歸村之願，便當終老北窗，誰肯更拂塵冠而桎梏于軒冕哉？

【校勘】

〔一〕報：原校『一作起』。

〔二〕梨：書棚本作『藜』。

〔三〕歸：原校『一作休』。

〔四〕身閑：原校『一作閑居』。

〔五〕門：原校『一作庭』。

鄭秀才東歸憑達家書

欲寄家書少客過，閉門心遠洞庭波。兩岩花落夜風急，一徑草荒春雨多。愁泛楚江吟浩渺，憶歸吴岫夢嵯峨。貧居不問應知處，溪上閑船繫緑蘿。

評：鄉心清越。

此以家書托鄭，因而心憶家園也。首句以『少客過』三字逗起鄭，言久欲寄書而苦無歸客，然楚水吴山無日不轆轤于中，而心與洞庭之波俱遠。兩岩之花，聞風急而知其落；一徑之草，聽雨多而知其荒，愁日泛江而長吟浩渺，以上皆『心遠洞庭波』之實。以下則言鄭東歸而憑達家書也，鄭今東歸，而我心亦與之俱歸，故憶歸吴岫而夢在嵯峨之間，貧居在于溪上，但見船繫緑蘿，即是家書下落也。

傷湖州李郎中

政成身没共興衰〔一〕，鄉路兵戈旅櫬回。城上暮雲凝鼓角，海邊春草閉池臺。經年未葬家〔二〕人散，昨夜因齋故吏來。南北相逢皆掩泣，白蘋洲暖一花開。

此因李郎中之歿而志感也。首句寫盡郎中存歿關係之重，末句皆感泣意已到筆端，次句尤覺可悲者，正在兵戈之際，鄉路阻隔，以致旅櫬經年而始回也。『城上』承『兵戈』，『海邊』承『鄉路』。『經年』二句申旅櫬回，家人已散，故吏始來，極寫寥落凄苦之況。『南北相逢』頂『故吏』句，言故吏自北而南，而郎中之櫬則自南而北，相逢于白蘋洲上，各自掩泣也。蘋花開時，應『春草』句。

【校勘】

〔一〕衰：蜀刻本、書棚本作『哀』。

〔二〕家：蜀刻本、書棚本作『佳』。

和友人送僧歸桂州靈岩寺

楚客送僧歸桂陽，海門帆勢極瀟湘。碧雲千里暮愁合，《白雪》一聲春思長。柳絮擁堤添衲軟，松花浮水注瓶香。南京〔一〕長老幾年别，聞道半岩多影堂。

評：清傲。

此公因友人送僧而賡和也。『楚客』，連友人與公俱在内，蓋時與友俱在楚中。桂陽，唐之郴州，即漢之桂陽。曰『海門』，言僧自楚發，帆極瀟湘之勢，直達海門也，是倒句法。『碧雲』承『瀟湘』，洞庭八百里，暮雲瀰望，不見邊際，起人愁思。『合』者，雲與愁而俱合也。『白雪』，指友人送僧詩，『長』者，春與詩俱長也，『春思』二字起下。『柳絮』『松花』，皆春物也，『添衲軟』『注瓶香』，寫得此僧蘊藉。『南京』，蓋指洛中，二句一氣，言僧歸路必由洛中，其長老多人與我別幾年矣，聞比年茶〔二〕毗不少，半岩影堂之中，已增多人也，言外有泡影須臾意。此詩亦另是一色筆墨，似江西派。

【校勘】

〔一〕京：蜀刻本、書棚本作『宗』。

〔二〕茶：原作『荼』，據文意改。

淮陰阻風寄楚州韋中丞

垂釣京江欲白頭，江魚堪釣却西游。劉伶臺下稻花晚，韓信廟前楓葉秋。淮月未明先倚檻，海雲初起更維舟。河橋有酒無人醉，獨上高城望庾樓。

劉伶臺。《淮安志》：『劉伶臺在淮安府山陽縣城東北七里，臨淮河，其南有杜康橋。』

韓信廟。韓信，淮陰人也。《淮安志》：『韓王莊在淮陰東北，與廟相連，西接八里莊。韓信實生于此。』

庾樓。見前《李秀才近自塗口遷居》下。事在武昌，喻楚州。

此在淮陰賦己近況以寄中丞也。言欲垂釣京江以終老，而忽復西游，正在江魚可釣之時，一『却』字真有難捨難棄、自訝自咎之意。劉伶臺下、韓信廟前，此時正在淮陰，適稻花已晚、楓葉已秋之際，而于此阻風。月未明而先倚棹，海雲起而更維舟，望月瞻雲，以占風信。曰『先』，曰『更』，寫出一段欲行不能、惟恐不測、無聊之極意。此際河橋未[一]嘗無酒，而同醉無人，惟有庾樓之上應復有人，興復不淺，而不得合并，猶自獨上以望耳，結出『寄』意。

【校勘】

〔一〕未：原作『木』，據文意改。

途經敷水

修蛾顰翠倚柔桑，遥謝春風白面郎。五夜有情隨暮雨，百年無節待秋霜。重尋綉帶朱藤合，更認羅裙碧草長。何處野花何處水，下峰流出一渠香。

敷水。《新書》華陰縣注：『有敷水渠。』想爲羅敷生長之地，故詩意云然。

此因過敷水而賦羅敷之事，以誌美也。『修蛾顰翠』，寫出一個思婦情形，『倚柔桑』三字，寫出一個輕盈窈窕之佳人，宛然我見猶憐，何怪使君乎？『遥謝』以下，則羅敷之致辭矣。『春風白面郎』，謂使君也，使君亦頗不俗，未免有情，然而羅敷若曰：『使今日五夜有情而隨暮雨，則百年無節而待秋霜矣。』隱括《陌上桑》無數對使君語，説得凛然。以下皆公珍重其品而憑吊之思，今日過客欲重尋綉帶而但見朱藤，欲更認羅裙而惟看碧草，然而野花野水，千古流香，經過敷水，能不流連慨慕哉！

和人賀楊僕射致政并序

祠〔一〕部楊員外以僕射楊公拜官致仕，舊府賓僚及門生合燕申賀，飲後書事，因和呈。

蓮府公卿拜後塵，手持優詔掛朱輪。從軍幕下三千客，聞禮庭中七十人。飾帳麗詞推北巷〔二〕，畫堂清樂掩南鄰。豈同王謝山陰會，空叙流杯醉暮春。

蓮府。見後《中秋夕寄大梁劉尚書》下。

三千。《史記》：『田文食客三千人。』

七十。《家語》：『孔子弟子身通六藝者七十人。』

山陰會。用蘭亭修禊事。

此公賀僕射致政而作，序甚明。首句舊府賓僚門生申賀，次賀其致仕，『手持優詔』，拜官也，『掛朱輪』，古人七十而懸車致仕也。『幕下』，舊府賓僚也，『庭中』，門生也，『飾帳』，賀詞也，『畫堂』，合燕也。收二句言不比尋常晏會，鄭重之辭也。

【校勘】

〔一〕祠：原作『禄』，據蜀刻本、書棚本改。

〔二〕卷：原作『卷』，據蜀刻本、書棚本改。

四皓廟

桂香松暖廟門開，獨瀉椒漿奠一杯。秦法欲興鴻已去，漢儲將廢鳳還來。紫芝翳翳多青草，白石蒼蒼半緑苔。山下驛塵南竄路，不知冠蓋幾人回。

評：感慨寓規。

椒漿。《離騷》：『奠桂酒兮椒漿。』

漢儲。《漢書》：『高帝愛戚夫人，欲立其子趙王如意，將廢太子。高后患之，問計于留侯，良曰：「上有所不能致者四人，苟得從太子游，令上見之，則一助也。」于是吕后令太子卑辭厚禮迎致此四人。已上晏，太子侍，四人者皆從，年皆八十餘，鬚眉皓白，衣冠甚偉。上怪問曰：「何爲者？」四人前對，各言其姓名，上乃驚曰：「吾求公，公避逃我，今曷以從吾兒？」四人曰：「陛下輕士善駡，臣等義不辱。今聞太子仁孝愛士，天下莫不願爲太子死，故臣等來。」上曰：「煩公幸卒調護太子。」四人爲壽已畢，上目送之，顧謂戚夫人曰：「羽翼已成，難動矣，吕氏真乃主矣。」』

紫芝。《四皓歌》曰：『漠漠高山，深谷逶迤。曄曄紫芝，可以療飢。唐虞世遠，吾將安歸？』此公至四皓廟而追頌其德也。彼秦法未興之時，已避其矰繳，如鴻遠去。及漢儲將易之際，又假之羽翼，如鳳還來，此生前之大節奇功，爲不可及矣。延至今日，紫芝翳翳，埋于青草，白石蒼蒼，没于緑苔，是其采芝卧石，死後之高風清節又不可得而續也。彼商山驛路，流人逐客，往來皆經此道，而冠蓋之盛，亦不知其數矣。若往而知返，得如此四人者幾何哉？朱東岩曰：『唐人懷古詩，往往借前人酒杯，澆自己塊壘，胸前抑鬱之氣得以少平。如此等詩，實是心折。四皓去來自由，不受羅繳，以興下「南竄」意。鴻已去，鳳還來，有無限意思在，不僅四皓贊詞也。「紫芝」「白石」，正與「冠蓋」二字比照，蓋商山廟前路即諸君南竄路，古今人賢不肖不知何如，只就驛路静觀，夫亦可往而知返矣。』

鶴林寺中秋夜玩月

待月東林月正圓，廣庭無樹草無烟。中秋雲盡出滄海，半夜露寒當碧天。輪彩漸移金殿外，鏡光猶挂玉樓前。莫辭達曙殷勤望，一墮西岩又隔年。

鶴林寺。寺在鎮江府城西門外七里，俗名竹林寺，近回龍山。

東林。注屢見。

首二句是『鶴林寺中秋』，待月于正圓之際，而又廣庭無樹無烟，得其時與地矣。下四句作四層，寫月正圓也，出滄海方升之月，當碧天正中之月，漸移入昃之月，猶挂將墮之月。末言『一墮西岩又隔年』，申明上四句『達曙殷勤』之意。

南海府罷歸京口經大庾嶺贈張明府

樓船旌旆極天涯，一劍從軍兩鬢華。回日眼明河畔草〔一〕，去時腸斷嶺頭花。陶詩盡寫行過縣，張賦初成卧到家。官滿知君有歸處，姑蘇臺上舊烟霞。

此公罷南海歸家之作。首句寫在南海之時，極樓舡旌旆之盛，而公以職在贊助，猶之書記、軍諮之屬，不過一劍從軍，而鬢已華矣。『回日』二句，言今日回看草色，倍覺眼明，欲别嶺花，不無腸斷。吟《歸去》于淵明，賦《遂初》于平子，頗覺翛然自得，極寫罷歸之趣。知明府亦有同情，官滿而歸，姑蘇臺上舊烟霞受用不盡也，贈張意收。

【校勘】

〔一〕草：原校『一作柳』。

題衛將軍廟并序

將軍名逖，陽羡人。少習詩書，學弓劍，有武略。二十七，游并、汾間，遇神堯皇帝始建義旗，逖以勇藝，進備行列。洎擒竇建德，逖挾槍、劍，前突後翼，太宗顧而奇之。天下既定，録其功，拜將軍，宿衛。以母老病，且乞歸侍殘年，辭旨哀激，詔許之。既而以孝敬睦閨門，以然信居鄉里。及卒，邑人懷其賢，廟宇荆溪之湄〔一〕，以平生弓甲懸東西廡下，歲時祠祭，頗福其土焉。文士王敖撰碑，辭實詳備。惜乎國史闕書其人，因題是詩於廟壁。

武牢關下護龍旗，挾槊〔二〕彎弓馬上飛。漢業未興王霸在，秦軍纔散魯連歸。墳穿大澤埋金劍，廟枕長溪挂鐵衣。欲奠〔三〕忠魂何處問，葦花楓葉雨霏霏。

評：悲壯，是盛唐格。

陽羡。《廣輿記》：『古荆溪地。秦陽羡，晉義興，宋宜興，今仍之。』

武牢關。周穆王豢虎于此，故名虎牢，避高祖父諱故，改武牢。

王霸。《後漢書》：『霸字元伯，從光武，言滹沱河冰合，權以濟事。拜上谷太守，封淮陵侯。』

魯連。《史記》：『魯仲連，齊人。時秦圍趙急，魏遣新垣衍説趙，請帝秦。仲連曰：「彼即肆然爲帝，連有蹈東海死耳。」秦軍聞之，却五十里。衍曰：「吾乃今知仲連爲天下士！」齊田單問策于仲連，下狄，又破聊城。歸言于齊王，欲爵之，仲連逃于海上，曰：「吾以富貴而詘于人，寧貧賤而輕世肆志焉。」』

此吊衛將軍也。『護龍旗』『馬上飛』，寫將軍神勇如畫。以此而佐神堯，如王霸之扶光武以渡滹沱，其辭爵乞歸如仲連之却秦兵而歸東海。今者墳穿大澤，廟枕長溪，金劍長埋，鐵衣猶挂。將軍之聲靈如在，生氣凛凛，忠魂不泯，葦花楓葉，細雨霏霏，猶若或見之。

【校勘】

〔一〕湄：原作『洞』，據蜀刻本、書棚本改。

〔二〕槊：原校『一作戟』。

〔三〕奠：原校『一作吊』。

訪别韋隱居不值并序

余行至雙岩溪，訪韋隱居，已榜舟詣開元寺水閣見送，棹回已晚，因題是詩留别。

犬吠雙岩碧樹間，主人朝出半開關。湯師閣上留詩别，杜叟橋邊載酒還。櫟塢炭烟晴過嶺，蓼村漁火夜移灣。故鄉蕪没兵戈後，憑向溪南買一山。

此公訪隱居話别不遇而以詩致意也。首二句言客至而犬吠于碧樹之間，主人已出，關門半開，寫隱居居止幽閑，叙韋已榜舟相送，彼此不值，如話，如畫。『湯師閣上』，寫『開元寺水閣』，『留詩别』，寫『因題是詩』云云。以上叙韋。以下自叙，『杜叟橋邊』，寫『棹回』，『櫟塢』二句，寫棹回經見景象，兼寫『已晚』，就中物産豐盈，人民樂業，隱然有可以卜居避世之意。因念故鄉此際，恐其蕪没于兵戈，欲憑隱居買山于溪南而爲比鄰，以此留别云耳。

送前東陽于明府由鄂渚歸故林

結束征車换黑貂，灞西風雨正瀟瀟。茂陵久病書千卷，彭澤初歸酒一瓢。帆背夕陽湓水闊，棹經滄海甑山遥。殷勤爲謝南溪客，白首螢窗未見招。

此公在長安值于明府歸而詩以送之也。明府爲東陽令，東陽爲金華府屬邑，『故林』，明府所居，未詳何在。玩詩意，『甑山』『南溪』皆所經歷之地，大約在江南雲陽之下。首言『結束征車』，明府去也，『灞西』，長安門外相送之地也。『茂陵』句言己之病羈于此，『彭澤』句言明府之歸去。『帆背』二句言明府由鄂渚歸故林，渡湓水之闊，經甑山之遥，皆叙歸途。末二句言爲我謝南溪之人，依然白首螢窗而未見招也，想亦在下第之後。

聽歌鷓鴣辭并序

余過陝州，夜宴將罷，妓人善歌《鷓鴣》者，詞調清怨，往往在耳，因題是詩。

南國多情多艷詞，《鷓鴣》清怨繞梁飛。甘棠城上客先醉，苦竹嶺頭人未歸。響轉碧霄雲駐影，曲終清漏月沉暉。山行水宿不知遠，猶夢玉釵金縷衣。

評：逸致遄飛。

繞梁。《列子》：『秦清善歌，聲遏行雲，繞梁三日不散。』

甘棠城。陝州，召公所治，名甘棠城。

此公聽歌而賦贈也。首言歌之多情多艷，而其聲清怨，令人留于耳而不去，是序中『詞調清怨，往往在耳』。『甘棠』句是陝州聞歌，『苦竹』句言己之留滯苦境，如在苦竹嶺上。『響轉』二句寫清怨之實，言其聲之停雲落月。『山行』二句言任其在水在山，處處不忘，時時猶夢玉釵金縷也，寫敘中『在耳』二字酣透。何物妓人，能令蘇州刺史腸斷如此？

寄題華嚴韋秀才院

三面樓臺百丈峰，西岩高枕樹重重。晴攀翠竹題詩滑，秋摘黄花釀酒濃。山殿日斜喧鳥雀，石潭波動戲魚龍。今來故國遥相憶，月照千山半夜鐘。

此賦華嚴院景以寄韋也。韋秀才必向在院中喬寓，而公亦時時過從，熟領其景趣，今日相違回憶，故題此以志夙昔。首二句寫院之得地，據高峰而擁深樹，儼然勝概可想。『翠竹』四句備寫院中景物，色色可人，翠竹可以題詩，黄花可以釀酒，殿喧鳥雀，潭戲魚龍，無一不令人眷戀。而今來故國數千里之外，猶然相憶，如置身千山之上，見其月照，聞其鐘聲也。

戲代李協律松江有贈

蜀客操琴吴女歌，明珠十斛是天河。霜凝薜荔怯秋樹，露滴芙蓉愁晚波。蘭浦遠鄉應解佩，柳堤殘月未鳴珂。西樓沉醉不知散，潮落洞庭洲渚多。

明珠十斛。晉石崇妓，以明珠十斛得之。詩云云者，言此必不可得，如天河之隔牛、女也。

此代李賦詩以贈歌者也。李協律于松江歌妓，雅有盼睞，公知其素，而代爲戲贈。『蜀客』即指協律，一琴一歌，宛然知音唱和，恨不能以明珠十斛得之，而致如牛、女也。『霜凝』二句，極寫伊人之可愛，薄寒如不勝衣而怯樹，媚眼如花帶露而凝波。『蘭浦』，即湘浦也，雖湘浦之遠鄉，亦應解佩，即柳堤之月殘，猶未鳴珂，皆極寫協律眷戀之意。至于西樓沉醉，猶不知散，洞庭潮落，滿眼洲渚，始知其流連已久，水淺沙高，時移勢改也。

送黃隱居歸南海

瘴霧南邊久寄家，海中來往信流槎。林藏狒狒音弗。多殘筍，樹過猩猩少落花。深洞有雲龍蜕骨，半岩無草象生牙。知君愛宿層峰頂，坐到三更見月〔一〕華。猩音牲，俗讀星，非，見《笠翁詩韻》。

狒狒。《吴都賦》作篤，梟羊也。《山海經》云：『狀如人而黑，身有毛，見人則笑，上脣掩目。成王時，州靡國獻此獸。』《本草》作『𥨍𥨍』，音費，藏器曰：『狒狒出西南夷。《爾雅》云：「狒狒如人，迅走，食人。」郭璞云：「交、廣及南康山中亦有此物，大者長丈餘，俗呼爲山都。宋建武中，獠人進雌、雄二頭，帝問土人丁鸞，鸞曰：「其面似人，紅赤色，毛似獼猴，有尾，能人言，如鳥聲，善知生死，力負千鈞，反踵無膝。睡則倚物，獲人則笑而後食之。獵人因以竹筒貫臂誘之，俟其笑時抽手，以錐釘其唇著額，候死而取之。髮極長，可爲頭髮。血堪染靴及緋，飲之使人見鬼也。」帝乃命工圖之。』

猩猩。李時珍《本草綱目》：『猩猩能言而知來，猶惺惺也。出哀牢夷及交趾封溪縣山谷中，狀如狗及獼猴，黄毛如猨，白耳如豕，人面人足，長髮，頭顔端正，聲如兒啼，亦如犬吠，成群伏行。阮汧云：「封溪俚人以酒及木履置道側，猩猩見即呼人祖先駡之而去，頃[二]也[三]來，相與嘗酒著屐，因而被擒。檻而養之，將烹，則推其肥者，泣而遣之。西胡取其血染毛罽，不黯。刺血，必箠而問其數，至一斗乃已。」』

此送黄隱居而賦其地之異物、異事也。隱居家在瘴海之南，勢必航海往來。海外深山每多異物，如狒狒、猩猩見諸《山海》之經；亦多異事，如龍之脱骨于洞，如象之埋齒于岩，皆所熟悉。而君居處其中，所謂入山惟恐不深，入林惟恐不密。想君此時其宿層巒之顛，而餐月露、星漿于蓬島烟霞也耶？

【校勘】

〔一〕月：蜀刻本、書棚本作『日』。

〔二〕頃：原作『傾』，據《本草綱目》卷五一下改。

〔三〕也：《本草綱目》作『復』。

朝臺送客有懷

趙佗西拜已登壇，馬援南征土宇寬。越國舊無唐印綬，蠻鄉今有漢衣冠。江雲帶日秋偏熱，海雨隨風夏亦寒。嶺北歸人莫回首，蓼花楓葉萬重灘。

朝臺。見前《晚自朝臺》下。

趙佗。見後《登尉佗樓》下。

此賦朝臺之所自來而自言其懷也。自趙佗築臺西望長安朝拜之時，在伏波既征交趾之後，而百粵始爲郡縣。唐至天寶間，省番禺，并南海爲縣。當南越稱帝之時，安得有唐之印綬乎？而今之有漢衣冠，蓋自佗始然。風土特異，江雲帶日，雖秋亦熱；海雨隨風，雖夏亦寒，粵東方言云『四時皆是夏，一雨便成秋』，足爲二句注疏矣。以上俱寫『朝臺』。以下是『送客』，凡自嶺北來者，歸後不堪回首，迢遞灘河，不啻萬里，極言其遠也，『有懷』，正懷此耳。

自楞伽寺晨起泛舟道中有懷

碧樹蒼蒼茂苑東，佳期迢遞路何窮。一聲山鳥曙雲外，萬點水螢秋草中。門掩竹齋微有月，棹移蘭渚淡無風。欲知此路堪惆悵，菱葉蓼花連故宮。

評：逼真晨泛。

此公晨起泛舟而賦道中之景也。『碧樹』句，晨起而望所之之處曉色蒼蒼，在茂苑之東；『佳期』者，向與人相期約也，其地甚遠，且以舟行，愈覺其迢遞。『一聲』以下，皆在舟中歷指所聞所見，『曙雲』『水螢』『微月』皆寫晨起之早，『無風』寫舟行之遲，時在初秋，菱葉蓼花，一路蕭森之景，□〔一〕接漢時茂苑，能不動故宮禾黍之思？此路誠堪惆悵矣。所謂『有懷』者，在此懷故宮也。

【校勘】

〔一〕□：原本漫漶，疑作『連』。

十二月拜起居表回

一章西奏拜仙曹，回馬天津北望勞。寒水欲春冰彩薄，曉山初霽雪峰高。樓形向日攢飛鳳，宮勢凌波壓抃鰲。空鎖烟霞絶巡幸，周人誰識欝金袍。

此公于拜表回而賦其所經也。首句是『拜表』，次句是『回』，二句題已序盡。以下皆寫北望所見：『寒水』二句是『十二月』；『樓形』句承回首，言猶望見城闕也；『山〔一〕勢』句承『天津』，言高山壓水也；『空鎖』二句言今時不行巡幸，華山空鎖烟霞，而小民不睹天顏也，結還『拜起居表』。蓋起居如今時朝覲，後世有覲無巡，故云然。

【校勘】

〔一〕山：當作『宫』。

觀章中丞夜按歌舞

夜按雙娃禁曲新，東西簫鼓接雲津。舞衫未换紅鉛濕，歌扇初移翠黛頻〔一〕。彩檻燭烟光吐日，畫屏香霧暖如春。西樓月在襄王醉，十二山高不見人。

十二山。《天中記》：『巫山十二峰：曰望霞，曰翠屏，曰朝雲，曰松巒，曰集仙，曰聚鶴，曰浄壇，曰上昇，曰起雲，曰飛鳳，曰登龍，曰聖泉。』詩引用，意不過言隔絶塵寰，不可復見也。

此于中丞歌筵賦贈也。命雙娃而按曲，聽簫鼓之遏雲。舞衫未换，承應無休，中裙不暇更翻；歌扇初移，玳筵疊進，翠黛無時重點。燭烟吐日，光摇彩檻于朝霞；香暖如春，霧靄畫屏于錦幔，歌筵之繁盛如此。『西樓月在襄王醉』，言客去而主人亦寢也，『十二山高不見人』，言寂然不可復見也，即『雲雨巫山枉斷腸』意。

【校勘】

〔一〕頻：蜀刻本、書棚本作『顰』。

重游飛泉觀題故梁道士宿龍池

西岩泉落水容寬，靈物蜿蜒黑處蟠。松葉正秋琴韻響，菱花初曉鏡光寒。雲開星月浮山殿，雨過風雷繞石壇。仙客不歸龍亦去，稻畦長滿此池乾。

琴韻。《琴譜》有《龍吟》。

鏡光。古有雙龍盤背鏡。二句皆貼『宿龍池』，語無泛設。

此游山觀龍池而賦也。池即飛泉所匯，泉自西岩飛落，至此而寬容蓄成池，蠖藏靈物，所以名爲宿龍池。『松葉正秋』，此《琴譜》所爲《風入松》也，故曰『琴韻響』；『菱花初曉』，古人以鏡爲菱花，故曰『鏡光寒』。山殿倒影池中，雲開而星月浮于其上；石壇砌在池畔，雨過而風雷繞于其旁。四句詠池之景、趣，字字細切『龍池』。仙客不歸，梁道士已故也，秋來泉涸，稻畦長滿，而此池已乾，不復如前之水容寬矣，結見『重游』意。

下第貽友人

身在關西家洞庭，夜寒歌苦水〔一〕熒熒。人心高下月中桂，客思往來波上萍。馬氏識君眉最白，阮公留我眼長青。花前失意共寥落，莫遣東風吹酒醒。

馬氏。《蜀漢志》：『馬良兄弟五人，幼者名謖[二]，俱有才名。良字季常，眉中有白毫，鄉里謂之語曰：「馬氏五常，白眉最良。」爲昭烈侍中。白帝之難，良亦遇害。』

阮公。《三國志》：『阮籍常爲青白眼，青眼待豪士，如嵇[三]康等，白眼待俗士，如何曾輩。』

酒醒。唐人下第詩：『氣味如中酒，情懷似別人。』

此公下第而與友人共致牢騷也。首二句言離家赴舉，而此時下第，不覺歌聲之苦，『水熒熒』，承洞庭來，憶家鄉也。得第者如月中桂樹，下第者仍在塵埃，人心之高下視此矣；回鄉者自赴洞庭，留滯者仍在關西，波上之萍，踪迹無定，客思之往來如斯矣。君爲馬氏白眉，而我亦阮家青眼，我未成名卿未嫁，豈能俱是不如人，不宜寥落。而今日花前共此失意，惟有一杯冒燥可以解憂，莫遣東風吹醒也。

【校勘】

〔一〕水：蜀刻本、書棚本作『燭』。

〔二〕謖：原作『稷』，據《三國志》卷三九《蜀書・馬良傳》改。

〔三〕嵇：原作『稽』，據《晉書》卷四九《阮籍傳》改。

晚登龍門驛樓

魚龍多處鑿門開，萬古人知夏禹材。青嶂遠分從地斷，洪流高瀉自天來。風雲有路皆燒尾，波浪無程盡曝腮。心感膺門身過此，晚山秋樹獨徘徊。

燒尾。初登第設晏，名燒尾晏。説者曰：新羊入群，抵觸，須燒尾乃安。又一説，魚躍龍門之時，力不能上，須雷爲燒尾，乃化爲龍。

曝腮。《辛氏三〔一〕秦記》：『龍門。大魚集龍門下數千，不得上，其上者爲龍，不上者爲魚，名曝腮。』又本作『大鯉魚登龍門化爲龍，不登者點額曝腮矣』。

膺門。見前『登龍門』注。

此公登驛樓而賦龍門之實也。首二句提起龍門之故，自禹鑿之，而後來魚龍變化，實始于此。『青嶂』二句承『鑿門開』，『風雲』二句實寫魚龍變化之意。『心感膺門』，想公賦此時已在登第之後，過此而獨徘徊，非徒流覽山川，抑亦感念于時會之通塞也。

【校勘】

〔一〕三：原本空闕，據《太平御覽》卷四〇引《辛氏三秦記》補。

韶州韶陽樓夜宴

待月西樓捲翠羅，玉杯瑶瑟近星河。簾前碧樹窮秋密，窗外青山薄暮多。鸝鴿未知狂客醉，《鷓鴣》先讓美人歌。使君莫惜通宵飲，刀筆初從馬伏波。

評：情在景中，筆在情中。

韶陽樓。《廣輿記》：『韶州府，戰國屬楚，秦屬南海，漢屬桂陽郡，三國吴曰始興，劉宋曰廣興，宋曰韶州，明爲韶州府，屬廣東。今韶陽樓在府城南。』注：『唐許渾嘗月夜宴客于此。』

此公賦韶陽宴會之勝也。首句叙『韶陽樓夜』，次句出『宴』。『簾前』句，樓前近景，『窗外』句，樓前遠景。『鸝鴿』屬舞，『鷓鴣』屬歌，『狂客』，公自指，言醉客亦欲作舞，『先』者，言狂客亦將欲歌而先讓美人也，如此則賓主歡洽之至矣，所以有下二句。『使君』，蓋指主者，疑即下首『韶州李相公』，時公以初第，方授幕職，想在使君屬下，故云此，言我既爲入幕之賓，則通宵宴飲歡洽，于伏波之後，得以刀筆從軍，且自今日始矣。

聞韶州李相公移拜郴州因寄

詔移丞相木蘭舟，桂水潺湲嶺北流。青漢夢歸雙闕曙，白雲吟過五湖秋。恩回玉扆人先喜，道在《金縢》世不憂。聞説公卿盡南望，甘棠花暖鳳池頭。

評：語意深渾。

郴州。《廣輿記》：『戰國屬楚，秦屬長沙郡，項羽徙義帝都郴，即此，漢曰桂陽，三國屬吴，隋、唐曰郴州，五代曰敦州，明爲郴州。』

桂水。《廣輿記》：『桂水在韶州府城西北。』

玉扆、《金縢》。俱用周公事。李相公蓋亦唐宗室，始以得罪來韶，今以恩詔移郴，詩中『南望』云云，言終當召復入相也。

此聞李相公移郴而詩以寄意也。『詔移』句寫相公奉詔移守，蓋相公時在韶州，過嶺而北入楚郴州，故曰桂水北流。『青漢』二句寫相公在楚途中而乃心戀闕，望白雲而吟過洞庭湖也，洞庭爲五湖之一，故云。『恩回』二句，言聖恩量移于近地，將有内召之喜，信其功在社稷，同姓之卿，戚比周公，《金縢》之世，不憂亦喜也。『聞説』二句，言輦上公卿盡皆翹首，急趁花暖，仍歸鳳池，而布此甘棠之澤于天下也。字字周札無遺，應酬之什，有骨有肉，妥貼如公，三唐中有幾人耶？

游江令舊宅

身没南朝宅已荒，邑人猶賞舊風光。芹根生葉石池淺，桐樹落花金井香。帶暖山蜂巢畫閣，欲陰溪燕集書堂。閑愁此地更西望，潮浸臺城春草長。

江令宅。《廣輿記》：『梁江總宅在江寧府青溪上，南朝鼎族第宅，鱗次青溪，而江居尤占其勝。』

此公在金陵游江宅而吊總持也。首二句言江令没于南朝，骨朽已久，而荒宅猶存青溪之上，風光可賞，于是隨邑人而往游其地焉。『芹根』四句詠其宅中之景，『石池』『金井』『畫閣』『書堂』，昔日繁華之地；『芹根』『桐樹』『蜂巢』『燕集』，今朝寥落之場。他人但知游賞，而我獨起閑愁，吊江令乎？吊此地乎？末二句言不特舊宅荒蕪，而臺城亦在江潮、春草之間，然則桑田滄海，曷有定哉？

灞上逢元處士東歸

瘦馬頻嘶灞水寒，灞南高處望長安。何人更結王生襪，此客虚彈貢氏冠。江上蟹螯沙渺渺，塢中蝸殼雪漫漫。舊交已變[一]新知少，却伴漁郎把釣竿。

灞上。灞水在長安東三十里，本名滋水，秦穆公改爲灞水，以章霸功。《吕氏春秋》『太公釣于滋水』是也。長安有灞橋，漢時送行者多于此折柳以贈，鄭綮云『詩思在灞橋風雪中、驢背上』。

王生襪。前漢張釋之爲廷尉，有王生者顧謂：『張廷尉，爲我結襪。』乃跪而結之。或謂王生曰：『奈何廷辱張廷尉？』王生曰：『吾老且賤，自度無益于廷尉，聊辱結襪以重之耳。』

貢氏冠。《前漢·王吉傳》：『吉字子陽，與貢禹爲友。書〔一〕稱：「王陽在位，貢禹彈冠。」言其取舍同也。』劉孝標《廣絶交論》曰：『王陽登則貢公喜。』

此元九求仕不遂而東歸，賦以贈之也。曰『瘦馬』，曰『頻嘶』，曰『灞水寒』，寫盡失意牢落、恓惶行路之狀，真有不堪回首之意，以『望長安』三字起下四句。試看長安道上，釋之謂誰，更結王生之襪；王陽不作，空彈貢禹之冠，二句即七句中『舊交盡』『新知少』。『江上』『塢中』，寫東歸况味，『沙渺渺』『雪漫漫』，雖寫得冷落，然皆有取之無盡，藏之深深意，與八句『漁郎』『釣竿』貫注。通首爲元九激昂感慨，而究歸遁世無悶之旨。朱東岩曰：『看他通首皆諷長安諸公，然實諷處士也。如此世界，何必更到長安？既已東歸，何必更望長安？』亦似有解，然太深文，恐公不作如此譏刺。又金聖歎解『江上』二句云：『江上蟹，雙擎二螯，獨霸一穴，此比如新進得官自豪；塢中蝸，升高既疲，殼枯如雪，此比如故人零落都盡。』如此解，正與下句『舊交』『新知』意合拍，然未免太鑿。

【校勘】

〔一〕變：原校『一作盡』。

〔二〕書：《漢書》卷七二《王吉傳》作『世』。

別張秀才并序

余與張秀才同出關至陝府，余取南道止洛下，張由北路抵江東。因幕中宴餞，遂賦詩以別。

不知何計寫離憂，萬里山川半舊游。風捲暮沙和雪起，日融春水帶冰流。凌晨客淚分東郭，竟夕鄉心共北樓。青桂一枝年少事，莫因鱸鱠涉窮秋。

此與張賦離情也。首句唱起，次句承明自關至陝，至洛下、江東，不啻萬里而半，皆與張向所屢經之地。『風捲』二句，寫水陸程途景況：風沙捲雪，意著出關至陝邊居多；春日融冰，意著南道洛下、北抵江東邊意居多。『凌晨』句寫此地分手，『竟夕』句寫幕中宴餞。『青桂』云云，又囑秀才將來赴舉早來也。

別表兄軍倅并序

余祇命南海，至廬陵，逢表兄軍倅奉使淮海，別後卻寄是詩。

盧橘花香拂釣磯，佳人猶舞越羅衣。三洲水淺魚來少，五嶺山高雁到稀。客路晚依紅樹宿，鄉關朝〔一〕望白雲歸。交親不念征南吏〔二〕，昨夜風帆去似飛。

盧橘。《上林賦》：『盧橘夏熟。』即枇杷也。

三洲。《廣輿記》：『廣州府内有琵琶洲在府城東南，荔枝洲在府城東，珊瑚洲在東莞，嘗有漁者網得珊瑚樹，故名。』

五嶺。《廣輿記》：『廣東形勝：地總百粤，山聯五嶺，夷夏區奥，仙靈窟宅。』五嶺，謂大庾、始安、臨賀、桂陽、揭陽也。詩意謂魚雁稀少，音書難達耳。

此公在南海與表兄相别之後而作詩以寄也，通首是『别後却寄』。首溯昔别之時，對馨香之盧橘，睹越舞之佳人，當此魚稀雁少之地，有親戚之情話，數晨夕于逾時，庶幾可慰。毋何别去，彼此俱登客路，夕依紅樹，今人長念鄉關，朝望白雲。親知如倅，猶不念我，而風帆疾去耶？二句總是故爲懊恨之詞，重惜别也。

【校勘】

〔一〕朝：蜀刻本作『暗』。

〔二〕吏：原校『一作客』。

題蘇州虎丘寺僧院

暫引寒泉濯遠塵，此生多是異鄉人。荆溪夜雨花開疾，吴苑秋風月滿頻。萬里高低門外路，百年榮辱夢中身。世間誰似西林客，一卧烟霞四十春。

評：唤醒多少醉夢〔一〕。

此于虎丘寺贈院僧也。『暫引』二句，言生平大半作客，碌碌塵坌，而今暫得濯纓僧院也。『荆溪』以下，叙今在異鄉之地、之時、之景，言在荆溪，却當花開夜雨之時，今來吴院，又值月滿秋風之際，『萬里』蓋總計此生出門之路，高則在山，低則在水，不啻萬里也。此何爲哉？不過百年之間，爲榮爲辱，都在夢中未覺耳。看破此關，莫如出世，誰似此間西林之客，一卧烟霞四十春也哉？蓋心羡之至也。

【校勘】

〔一〕唤醒多少醉夢：原本殘存『多』『夢』二字，據崇禎本補。

酬郭少府先奉使巡澇見寄兼呈裴明府

載書攜榼别池龍，十幅輕帆處處通。謝脁宅荒山翠裏，王敦城古月明中。江村夜漲浮天水，澤國秋生動地風。飽食鱠魚榜歸櫂，待君琴酒醉陶公。

評：有心人到處不放過。

此酬郭少府見寄之什而叙其奉使所歷也。首言其奉使，載書攜榼而出，則雅有游興可知，『别龍池』，蓋少府傍龍池而居，如前首飛泉觀宿龍池之類，十幅輕帆，隨所游歷，是巡澇。『謝朓宅』『王敦城』『江邨』『澤國』，皆巡澇所經之處，山翠、月明、漲水、秋風，皆游覽所得之景。『飽食』二句，言此時望少府急歸，携琴酒以醉陶公也，陶公屬裴明府。

出永通門經李氏莊

飛軒危檻百花堂，朝宴歌鐘暮已荒。中散獄成琴自怨，步兵厨廢酒猶香。風池宿鳥喧朱閣，雨砌秋螢拂畫梁。力保山河家又慶，衹應中令敵汾陽。

中散。《晉書》：『嵇康，字叔夜，上虞人。龍章鳳姿，遠邁不群。與魏宗室婚，拜中散大夫，不就。弹琴詠詩以自娱，爲竹林七賢之游。以鍾會讚于文帝，比之少政卯，謂康言論放落，非毁典謨，聖世所不容，勸帝因釁除之，以淳風俗。因繫獄，卒見害。將刑東市，太學生三千人請以爲師，弗許。康顧視日影，索琴弹之，曰：「昔袁孝尼嘗從吾學《廣陵散》，吾固靳之，《廣陵散》于今絶矣。」』

步兵。《晉書·阮籍傳》：『籍聞步兵厨營人善釀，有貯酒三百斛，乃求爲步兵校尉。』

中令、汾陽。李光弼爲中書令，郭子儀封汾陽王，共平安史之難，于唐室有再造功。

此公經李氏莊而賦以識慨也。李氏蓋勛臣之後，玩末句可見。首句言李莊繁盛，次句言倏忽蕭瑟。『中散』以下承明其故，以『中散』喻李被禍，厨廢而酒猶香，言未久也，即次句『朝』『暮』意。宿鳥鳴于朱閣，秋螢拂于畫梁，則其家之凄凉景象，不堪回首矣。然但能如先世之忠勤，則家當又慶，即如中令之敵汾陽，非其明驗乎？言此以慰勉其後嗣也。

漢水傷稼并叙

此郡雖自夏無雨，江邊多穡，油然可觀。秋八月，天清日朗，漢水泛濫爲灾，因賦四韻。

西北高樓四望通，殘霞成綺月懸弓。江村夜漲浮天水，澤國秋生動地風。高下緑苗千頃盡，新陳紅粟萬箱空。才微分薄愁何益，却欲回心學釣翁。

此紀漢水灾傷也。「四望通」直貫至「千頃盡」句，寫水漲傷稼，歷歷分明。「新陳」句，寫灾傷後民食維艱之慮。末句寫矚目撫心，束手坐視而不能救之意，欲學釣翁，公之素志也。

丁卯集箋注卷之七

七言律

送王總下第歸丹陽

秦樓心斷楚江湄，繫馬春風酒一巵。汴水月明東下疾，練塘花發北來遲。青蕪定没安貧處，黄葉應催獻賦時。憑寄家書爲回報，舊居還有故人知。

秦樓。《鼓吹》作『秦橋』，引灞橋以實之，作唐人折柳贈别處，亦通。

練塘。《廣輿記》：『在丹陽，名練湖塘。李華敘：「是湖納長山諸水七十二流。」』

獻賦。漢司馬相如，蜀人，嘗爲《子虛賦》。楊得意侍武帝，誦之，帝喜曰：『朕獨不得與此人同時。』得意曰：『臣里人司馬相如所爲。』帝驚，召問，相如曰：『然。此特諸侯之事，不足觀，請爲游獵之賦獻之。』乃賦《上林》。

首句在長安而心斷楚江湄，故居近作何狀？末二句意已到筆端，次句序此時送别之事。『汴水』句，送其去也，『練塘』句，訂其來也。何以方送其去即囑其來？則以憑寄家書也。恐故居半没于青蕪，而回報亦可即得，總任爾遲遲其來，至于黄葉之時，不能不到矣，故曰『青蕪定没安貧處，黄葉應催獻賦時』。末二句又叙明上意，曰有人知，猶言或不盡没于青蕪耳。

破北虜太和公主歸宫闕

毳幕承秋極斷蓬，飄飖一劍黑山空。匈奴北走荒秦壘，貴主西還盛漢宫。定是廟謨傾種落，必知邊寇畏驍雄。恩沾殘類從歸去，莫使華人雜犬戎。

太和公主。《通鑑》武宗會昌三年二月：『太和公主至京師。初，太和公主降回鶻。有黠戛斯部落，乾元初，爲回鶻所破，不通中國。其酋長阿熱，始稱可〔一〕汗。回鶻擊之，連兵二十餘年，反爲所敗。于是回鶻嗢没斯等款塞求内附，詔振武節度使劉沔屯雲迦關以備之。李德裕言：「回鶻破亡，太和公主未知所在。若不遣使訪問，則夷狄必謂國家降主虜庭，本非愛惜，既負公主，又傷虜情。請遣使賫詔詣嗢没斯，令轉達公主。」黠戛斯自謂李陵之後，與唐同姓，既破回鶻，得太和公主，遣達干十人，奉以歸唐。回鶻烏介可汗引兵邀擊，殺達干，質公主，南渡磧，屯天德軍境上。公主爲可汗求册命，烏介又使其相上表借振武一城以居。上乃遣使慰問，賑米二萬斛，賜敕書，諭以「宜率部衆漸覆舊疆，漂寓塞垣，殊非良計。借城未有此例，或欲但求聲援，亦須止于漠〔二〕南暫駐。朕當許公主入覲，親問事宜。倘須接應，必無所吝。」尋遣使行册命，而烏介屢擾邊境，遂不果行。黠戛斯遣使言先遣達干奉送公主，久無聲問，恐爲奸人所隔。上遣使入回鶻，賜公主冬衣，乃命李德裕爲書賜公主，曰：「先朝割愛降婚，義寧國家。今回鶻所爲，甚不循理。姑爲國母，足得指揮，若不稟命，則是棄絶姻好，今日以後，不得以姑爲辭。」于是烏介可汗侵逼振武，劉沔遣石雄帥沙陀、朱邪赤心二部襲其牙帳，沔自以大軍繼之。雄至振武，登城望回鶻，見氈車數十乘，從者類華人，使諜者問之，曰：「公主帳也。」雄使諜告之曰：「公主至此，當求歸路。今將出兵擊可汗，請公主駐車勿動。」雄乃鑿城爲十餘穴，引兵夜出，直攻可汗牙帳。可汗大驚，棄輜重走，雄追擊，大破之於殺胡山，可汗被創遁去。雄迎公主以歸，斬首萬級，降其部落二萬餘人。公主至京師，詔宰相百官迎謁。公主詣光順門，去盛服，脱簪珥，謝和親無狀之罪。上遣中使慰諭之，然後入宮。」

此紀公主回宮，示武略也。首叙『毳幕承秋』，逐水草而遷徙，飄忽如斷蓬然，指烏介質公主，南渡磧，屯天德軍境上也，『飄飖一劍』，指劉沔擊烏介可汗大破之于殺胡山也。『匈奴北走』，指被創遁去也，『貴主還宮』，歸宮闕也。『定是』云云，歸功廟算，能使邊將成功，狡夷遠遁，俾華人不雜犬戎，慶成功也。鋪張揚厲，熨貼堂皇。

【校勘】

〔一〕可：原作『克』，據《資治通鑑》卷二四六改。下同。

〔二〕漠：原作『漢』，據《資治通鑑》卷二四六改。

李定言自殿院銜命歸闕拜外郎俄遷右史因寄

白筆南征變二毛，越山愁瘴海驚濤。纔歸龍尾含鷄舌，更立螭頭運〔一〕兔毫。閶闔欲開宮漏盡，冕旒初坐御香高。吴中舊侣君先貴，曾憶王祥與佩刀。

白筆。魏明帝時，御史簪白筆，側階而坐。帝問何官，辛毗曰：『此爲御史。舊制簪白筆，以奏不法也。』

龍尾。《賈餗談録》：『唐含元殿前龍尾道，詰曲七轉，宛如龍尾。』

鷄舌。應劭〔二〕曰：『《漢官儀》：「尚書郎含鷄舌香奏事。」』

螭頭。《唐書》：『太和九年十二月，左、右省起居郎賫筆硯及紙，於螭頭下記事。』

王祥。見前『吕虔』下。

此寄賀李定言也。首言李本以殿院銜命，簪筆來南，歷有年所，變爲二毛，蓋歷越山瘴氣之多，經南海波濤之險，故至于斯。而今也承命歸朝，含鷄舌于龍尾，『歸闕拜外郎』也；吮兔毫于螭頭，『俄遷右史』也。于是内廷侍從，出入近君，聞更漏而知宫殿之開，見御香而睹君王之出。向來舊侣，惟君先貴矣，然豈但如此而已，將來貴爲三公，亦當如王祥之得佩刀也。

【校勘】

〔一〕運：原校「一作吮」。

〔二〕劭：原作「邵」，據《初學記》卷一一改。

早秋韶陽夜雨

宋玉含凄夢亦驚，芙蓉山響一猿聲。陰雲迎〔一〕雨枕先潤，夜電引雷窗暫明。暗惜水花飄廣檻，遠愁風葉下高城。西歸萬里未千里，應到故園春草生。

評：真景。

芙蓉山。《廣輿記》：「韶州府：芙蓉山在府城西，山半有石室，爲漢康容得道處。」

此公于韶州悲秋也。「宋玉」，公自喻，以玉有《悲秋賦》，故云，旅中風雨，本自含凄，又值秋宵，夢魂益復難定，加以猿鳴于山谷之中，潦倒凄其，不堪寢處矣。雲迎雨而枕濕難支，電引雷而窗光閃爍，二句實寫；水花飄颻于廣檻，楓葉歷落于高城，二句虚摹，情景作惡如此。兼之歸途遼遠，此間未及十分之一，稱此計算抵里之期，當逾冬及春，甚言其到家之遲也。

【校勘】

〔一〕迎：原校「一作凝」。凝：原作「疑」，據蜀刻本、書棚本改。

將爲南行陪尚書崔公宴海榴堂

朝宴華堂暮未休，幾人偏得謝公留。風傳鼓角霜侵戟，雲捲笙歌月上樓。賓館盡開徐穉榻，客帆空戀李膺舟。漫誇書劍無歸處，水遠山長步步愁。

徐穉榻。《滕王閣序》：「徐穉下陳蕃之榻。」詳見後。

李膺舟。郭林宗與李膺同舟而濟。詳見後。

此記宴筵之事，自朝及暮，偏得尚書寵留，曰「幾人」，欣幸見重，末句「漫誇」云云，意已到筆端。「風傳」二句，寫得海榴堂内風清月朗，節鉞森嚴，笙歌繚繞，真覺綺麗非常，詩與事稱。郊寒島瘦，自無此種筆墨。「賓館」句，繳還宴事，是「謝公留」意。「客帆」句，寫己將南行，言爲尚書所重，榮寵逾涯，令人戀戀于此。「漫誇」云云，言見在我書劍無歸，自傷潦倒，都遇公之優渥，則雖山長水遠，到處悠然自得，又何妨以此漫誇于人哉？

贈王山人

貰酒攜琴訪我頻，始知城市有閑人。君臣藥在何妨病，子母錢成不患貧。年長每勞推甲子，夜寒初共守庚申。近來聞說燒丹處，玉〔一〕洞桃花萬樹春。

子母錢。干寶《搜神記》：『南方有虫，名青蚨，又名蟱蝸，似蟬而稍大。以母血塗錢八十一文，以子血塗錢八十一文，每市物，或先用母錢，或先用子錢，皆能飛歸，輪轉無已。故淮南子術以之還錢，名曰青蚨。』

守庚申。《玉函秘典》：『人有三尸神：上尸彭琚，小名阿呵；中尸彭瓆，小名作子；下尸彭璚，小名季細。每庚申夜，俟人昏睡，陳其過惡于上帝，減人禄命。故道家遇是夕輒不睡，卧時左手撫心，呼三尸名，令其不敢爲害。』

此公與山人交契而推美之也。山人爲閑人，所謂『小隱隱于山林』也，其知我亦爲閑人，所謂『中隱隱于城市』也。于是歷舉山人作用，則藥諳君臣，錢成母子，此止在山人身上寫；山人每與公計年長而推甲子，同寒夜而守庚申，此從山人與公交道上寫。『近來』云云，又以近時所得之佳境而欣羡之也。

【校勘】

〔一〕玉：原作『五』，據蜀刻本、書棚本改。

宣城崔大夫召聯句偶疾不獲赴因獻

心慕知音命自拘，畫堂聞欲試吹竽。茂陵罷酒慚中聖，漳浦題詩怯大巫。髻〔一〕鬣幾年傷在藻，羽毛終日羨栖梧。還愁旅棹空歸去，楓葉荷花釣五湖。

吹竽。《韓非子》：『齊宣王好竽，吹竽者三百人，皆食禄。南郭先生不知竽，濫〔二〕食禄于三百人中。宣王薨，後王立，曰：「寡人好竽，欲一一吹之。」南郭乃遁。』

中聖。《魏志》：『徐邈爲尚書郎，時苛〔三〕酒禁，而邈私飲至于沉醉，校尉曹達問以曹事，邈曰：「中聖人。」達白太祖，太祖甚怒。鮮于輔曰：「平日醉客以酒清者爲聖人，濁者爲賢人。」竟得免。後文帝見邈，問曰：「頗中聖人否？」對曰：「昔子反斃于陽穀〔四〕，御叔罰于飲酒，臣嗜同二子，不能自懲，時復中之。」』

大巫。《魏書》：『陳琳答張紘〔五〕：「足下與子布在彼，所謂『小巫見大巫』，神氣盡矣。」』

在藻。《詩》：『魚在在藻，有頒其首。王在在鎬，豈樂飲酒。』

栖梧。鳳凰非梧桐不栖，非竹實不食。

此公以不獲聯吟而詩以致崔也。『心慕知音』，以崔大夫召公聯句，可謂知音矣，豈不心焉慕之，而偏以病不獲赴，命如何矣？『畫堂』承明聯句，『茂陵』承明病不能酒，又謙言怯遇大巫，承明不獲赴，因言年來之遇皆爲命厄。髻鬣傷于在藻，不得水也；毛羽猶羨栖梧，不高飛也。『還愁』二句，又以歸去無聊相告也，『楓葉荷花釣五湖』，此公生平志趣所在，而曰『還愁』云者，猶言『烟波江上使人愁』也。

【校勘】

〔一〕髻：蜀刻本、書棚本作『髻』。

〔二〕濫：原作『監』，據《温飛卿詩集箋注》卷六引改。

〔三〕苛：《三國志》卷二七《魏書·徐邈傳》作『科』。

〔四〕陽穀：《三國志·徐邈傳》作『穀陽』，是，然《李太白全集》卷二六王琦注引此亦作『陽穀』，疑許培榮所據已誤，今仍之不改。

〔五〕張紘：原作『張鋐』，據《三國志》卷五二《吴書·張紘傳》裴松之注改。

贈鄭處士

道傍年少莫矜誇，心在重霄鬢未華。楊子何〔一〕曾過北里，魯人何必敬東家。寒雲曉散千峰雪，暖雨晴開一徑花。且賣湖田釀春酒，與君書劍是生涯。

楊子。杜詩：『北里富薰天。』楊子坐一室中著《法言》，足迹不一及户。

東家。《家語》：『魯人不識孔子聖人，乃曰：「彼東家某者，吾知之矣。」』

此公高處士之品而賦贈也。處士必中年未遇而讀書守道。首言少年輕薄皆自矜誇，而目笑處士，以爲不己若，而不知處士之心高出重霄，心未灰也。處士之年猶未老邁，鬢未華也。彼安知處士安貧立品，不屈節于豪富，如楊子之不過北里；遁世無悶，不見知于流俗，如魯人之不敬東家也哉？『寒雲』句，喻處士現在所處，結上，言此時直臘凝寒，處士甘心冰雪；『暖雨』句，喻處士將來遭遇，起下，言時逢煊暖，處士春風得意。『且賣』云云，言此時且姑待之賣湖田而釀春酒，安遇待時，與君同守舊時書劍，若將終身以不可知者聽之已耳，蓋深慰勉之也。

【校勘】

〔一〕何：蜀刻本、書棚本作『可』。

元　正

高揭鷄竿闢帝閽，祥風微暖瑞雲屯。千官共削奸臣迹，萬國初銜聖主恩。宮殿雪花齊紫閣，關河春色到青門。華夷一統人方泰，莫學論兵誤至尊。

高揭鷄竿。韋元旦《奉賀春日望春宮應制》詩：『危竿競捧中衡日。』《西京賦》：『都盧尋撞。』注：『都盧，山名，其人善爲緣竿百戲，是名尋撞。』

削迹。猶言絶迹。

青門。長安九門之一。

此公于元旦而詠以紀時政也。首言帝閽初闢，而鷄竿已揭，將呈百戲于宮門，寫出時平景象，以起『祥風』『瑞雲』意。『千官』句寫朝正諸臣，『奸臣』必有所指，想此時正在誅殛放逐之後，言宵小皆屏迹也；初銜主恩，或在龍飛莅政之始乎？以上鋪揚時政。『宮殿』二句，寫歲朝時景。『華夷一統』，結言時世承平，可以不用兵革也。

登尉佗樓

劉項持兵鹿未窮，自乘黄屋島夷中。南來作尉任囂力，北向稱臣陸賈功。簫鼓尚陳今世廟，旌旗猶鎖昔時宮。越人未必知虞舜，一奏薰弦萬古風。

鹿未窮。漢蒯〔一〕通曰：『秦失其鹿，與天下共逐之。』言漢高雖得天下，而未一統，則是鹿猶未窮也。

自乘黄屋。《漢書·兩粤傳》：『趙佗，真定人也。秦二世時，南海尉任囂病且死，召龍川令趙佗曰：「今豪傑叛秦相立，南海地方數千里，此亦一州之主也。」即授佗書，行南海尉事。秦已滅，佗即擊桂林、象郡，自立爲南越武王。高后時，僭號南越武帝，乘黄屋左纛，稱制。文帝遣大中大夫陸賈賜佗，復南越王號，佗曰：「吾竊帝號，聊以自娱。今天下皆北面而臣事漢，老夫死骨不腐，請改號，不敢爲帝矣。」』

此登趙佗樓而述其事。首言劉、項相争未有窮定之時，尉佗乃僭天子號，而乘黄屋於島夷之中也。尉佗初以任囂而作尉，後以陸賈之功而稱臣，至今簫鼓尚陳于享祀之廟，而旌旗猶鎮于昔時之宮如此。『越人』二句，意頂『簫鼓』來，言今時越人猶但知廟祀尉佗，雖虞舜之薰風萬古，亦未必知也，亦可哀矣。

【校勘】

〔一〕蒯：原作『別』，據《漢書》卷四五《蒯通傳》改。

韶州驛樓晏〔一〕罷

簾外千帆背夕陽，歸心杳杳鬢蒼蒼。嶺猿群宿夜山静，沙鳥獨飛秋水涼。露墮桂花棋局濕，風吹荷葉酒瓶香。主人不醉下樓去，月在南軒更漏長。

此于宴後閑詠也。首句寫驛樓，夕陽將下，簾外千帆，背西投東，皆歸路也，而我歸心杳杳，鬢髮已蒼，冉冉歲華，奈之何哉？『嶺猿』四句，即景寫情，以明己歸心杳杳之致，夜山静，秋水涼，露墮桂花，風吹荷葉，皆寫驛樓宴罷而寂寞之態。『主人』二句，言主人不醉而去，則客之醒可知，月在南軒，長夜不睡，情又何以堪此哉？

【校勘】

〔一〕晏：蜀刻本、書棚本作『宴』。下同。

和淮南王相公與賓僚同游瓜洲〔一〕別業題舊書齋

碧油紅旆想青衿，積雪窗前盡日吟。巢鶴去時雲樹老，卧龍歸處石潭深。道傍苦李猶垂實，城外甘棠已布陰。賓御莫辭岩下醉，武丁高枕待爲霖。

此公和王相公游别業之什。王與賓僚游于别業，而别業實係相公未第時之舊書齋。首句『碧油紅旆』，寫相公游幢騶從，『想青衿』，回憶爲諸生時，『盡日吟』，起舊齋，言相公當日雪窗課讀之地，而今日來游也。『巢鶴』二句，寫舊書齋，巢鶴去而雲樹依然，卧龍歸而石潭如故，喻相公昔日去此而今日來游也。『道傍苦李』，喻己之雖垂實而無資于世，『城外甘棠』，喻相公之鎮淮南而業已成蔭。『賓御』二句，言賓僚今日皆與傅説同醉于岩下，而將來相公即日爲霖也。

【校勘】

〔一〕洲：原作『州』，據蜀刻本改。

送盧先輩自衡岳赴復州嘉禮二首

名振金閨步玉京，暫留滄海見高情。衆花盡處松千尺，群鳥喧時鶴一聲。朱閣簟凉疏雨過，碧溪船動早潮生。離心不異西江水，直送征帆萬里行。

湘南詩客海中行，鵬翅垂雲不自矜。秋水静磨金鏡上，夜風寒結玉壺冰。萬重嶺嶠辭衡岳，千里山陂問竟陵。醉倚西樓人已遠，柳溪無浪月澄澄。

金閨。謝朓詩：『既通金閨籍。』《别賦》：『金閨之諸彦。』杜詩：『李侯金閨彦。』金閨，金馬門也。

鵬翅。《莊子》：『翼若垂天之雲。』

金鏡。元稹《泛江玩月》詩：『遠樹懸金鏡。』

竟陵。襄陽復州有竟陵縣。孫宗鑒《東皋雜録》曰：『丙〔一〕驛至復州皆平地，南至大江，并無丘陵之險。渡江，至石首，始有淺山，謂之竟陵。謂之竟陵者，陵至此而竟。謂之石首者，石自此而首也。』

此送行之什，題中『嘉禮』二字未詳，詩中亦未叙出。『名振』云云叙盧已得第，『暫留滄海』云云，言盧肯就官于此，已足見高尚之情。『衆花』二句，言盧如松之高于衆木，鶴之出于鷄群。『朱閣簟凉』，寫此時時景，『碧溪船動』，寫此時歸舟。『離心』二句，公自言送别之情，直與水無極也。

次首『湘南』寫衡岳，上言『滄海』，此言『海中』，蓋盧亦自南海而之衡岳也。『鵬翅』承上『名振金閨』。『秋水』二句皆切時景，而以『金鏡』『冰壺』與盧寫照，如月之凌空，如冰之映玉。『萬重』二句，言今日盧自衡岳而赴復州。『醉倚』云云，公自指送别之情，言盧已去遠，而想見柳溪月色與水澄澄也，柳溪想亦在襄陽復州之境。

【校勘】

〔一〕丙：當作『兩』，阮元《國策地名考》引孫宗鑒説即作『兩』，然《唐詩鼓吹》卷五引此亦作『丙』，疑爲許培榮轉抄沿誤。

哭楊攀處士

先生憂道樂清貧，白髮終爲不仕身。嵇阮没來無酒客，應劉亡後少詩人。山前月照孤墳曉，溪上花開舊宅春。昨夜回舟更惆悵，至今鐘磬滿南鄰。

應劉。《典略》：『應瑒、劉楨、徐幹、阮瑀、陳琳、吴質、王粲，皆鄴中一時詩人，見友于太子。』

此吊楊處士也。處士安貧樂道，没齒遺榮，説得身分清高。嵇、阮、應、劉，能酒能詩，曰『無』，曰『少』，分明有『曾經滄海難爲水，除却巫山不是雲』意，其推許也至矣。『月照』以下，致吊哭之詞。舟行舊路，鐘磬至今依然滿于南鄰，而獨不見處士，能無惆悵也耶？

宿望亭館寄蘇州一二同志

候館人稀夜自〔一〕長，姑蘇城遠樹蒼蒼。江湖水落高樓迥，河漢秋歸廣簟凉。月轉碧梧移鵲影，露垂紅葉濕螢光。西園詩侶應多思，莫醉笙歌掩畫堂。

此公自姑蘇來望亭而回寄同志也。『候館人稀』，則夜已深矣，故曰更自長，回首姑蘇已遠，樹色蒼蒼。『江湖』四句，極寫秋天夜景，清雅之致。『西園』以下，寄同志也，言如此秋興詩思莫辜負，却但戀笙歌而掩畫堂，不作冷淡生活也。

【校勘】

〔一〕自：原校『一作更』。

盧山人自巴蜀由湘潭歸茅山因贈

太乙靈方鍊紫荷，紫荷飛盡髮皤皤。猿啼巫峽曉雲薄，雁宿洞庭秋月多。導引豈如桃葉舞，

《步虛》寧比《竹枝歌》。華陽舊隱莫歸去，水没芝田生緑莎。

太乙。《通志》：『漢元封初，南山谷間雲氣融結，隱然成象，武帝于此建宮，名太乙宮。』

《步虛》。《樂府解題》：『始于陳思王曹植，道家所唱，備言渺渺輕舉之美。』

桃葉。晉王獻之妾。

芝田。《拾遺記》：『昆侖山第九層，山形漸狹小，下有蕙圃、芝田，群仙種耨焉。』

此贈山人也，山人蓋從事于燒鍊之事。『紫荷』，疑如丹家所云紫粉黄芽之類，『紫荷飛盡』，丹未成也，金丹未成，則不能返老還童，而髮皤皤矣。而今者將自巴蜀由湖湘而歸于茅山。『巫峽』，巴蜀也；『洞庭』，湘潭也。『導引』二句，言外丹既不能成，服食既不可得，仍從事于玄門導引之功與夫法家步虛之學。『桃葉舞』『《竹枝歌》』，蓋山人少年固有聲色之娱，而後來入道者，故云。『華陽』二句，收歸茅山，『水没芝田』句，言將振理舊業之荒蕪也。玩詩意，山人學術淺駁，而公亦不甚推許之詞。

潁州從事西湖亭宴餞

西湖清宴不知回，一曲離歌酒一杯。城帶夕陽聞鼓角，寺臨秋水見樓臺。蘭堂客散蟬猶噪，桂楫人稀鳥自來。獨想征車過鞏洛，此間霜菊繞潭開。

評：叙景清切。

西湖。天下西湖有三：一在浙之杭州，一在廣東之惠州，一在江南之潁州。

此公于西湖宴餞而即事賦景也。首句提出宴餞，以『不知回』三字虚籠湖亭境景佳致，次句承明。『城帶』二句，寫西湖之景，帶夕陽而聞鼓角，是遠景；臨秋水而見樓臺，是近景。『蘭堂』二句，寫終宴永日之事。『獨想』二句，又于客散作别之後，復申湖上深秋之景，以寄遠想也。

瓜洲留别李詡

泣玉三年一見君，白衣顛頷更離群。楊堤惜别春潮晚，花榭留歡夜漏分。孤館宿時風帶雨，遠帆歸處水連雲。悲歌曲盡莫重奏，心繞關河不忍聞。

泣玉。見前《崇聖寺感事》下。

此與李君寫别緒也，蓋公與李同在下第歸來。『泣玉』二句，言相見之稀，而此時彼此失意，又復别去。『隋堤』四句，言在維揚相别，而君于花榭留歡，我在瓜洲宿于孤館，而今則挂帆歸去，悲歌曲盡，寫留别之詞，仍以三年泣玉意結之。

余謝病東歸王秀才見寄今潘秀才南棹奉酬

酷似牢之玉不如，落星山下白雲居。春耕旋構金門客，夜學兼修玉府書。風掃碧雲迎鷙鳥，水還滄海養嘉魚。莫將年少輕時節，王氏家風在石渠。

酷似牢之。《晉書》：『何無忌，劉牢之外甥也，酷似其舅。』石渠。閣名。天祿、石渠，皆漢未央宫中藏秘書之處，外即承明廬。

此酬贈王秀才也。秀才想爲名人宅相，故云『酷似牢之』，『落星山』句想爲秀才所居，二句言其品望之高。『春耕』二句，言秀才以筆耕，宿爲構造金門之器，而學之該博，兼修玉府天曹之書，其素所學植如此。『風掃』二句，又即秀才之意與游泳言之，『風掃』句喻秀才乘秋高風迅而志氣騰鶱，『水還』句喻秀才如百谷朝宗而容蓄衆類也，『嘉魚』用《詩》『南有嘉魚』。『莫將』二句，以慰勉之意結還首句，言高門本自世傳，不但恃外家世族也。

獻韶陽相國崔公

一匱爲功極九層，康莊猶自劍棱棱。舟回北渚經年泊，門接東山盡日登。萬國已聞傳玉璽，百官猶望啓金縢。賢臣會致唐虞世，獨倚江樓笑范增。

此獻崔相國之什，相國已休老于林下，而公頌美之。『一簣』句，言其自卑而尊，勛階由于積累也，『康莊』句，言其履道坦坦，猶自手裁棱厲也。舟回北渚，則杜門不出已久；門接東山，則優游棋墅有年。『萬國』句，其在嗣君登位之後乎？『百官』句，言白其在昔之忠貞。『賢臣』二句，又言今日在朝者皆自以爲能致治唐虞，而公亦獨倚江樓，啞然自笑，不合時宜，如范增之終不見用也。

郡齋夜坐寄舊鄉二侄

千官奉職衮龍垂，旅卧淮揚〔一〕鬢日衰。三月已乖棠樹政，二年空負竹林期。樓侵白浪風來遠，城抱丹岩日到遲。長欲挂帆君莫笑，越禽花晚夢南枝。

竹林。七賢中有大、小二阮，爲叔侄。

越禽。古詩：『胡馬依北風，越鳥巢南枝。』

此公在官署題寄也。首言千官奉職，時平而官事清閑，旅卧淮揚，而鬢已就衰。日車迅速，三月而政成，今已乖期，功名未就也；二年之暌隔，不與從游，初志不遂也。『樓侵』『城抱』，皆寫衙齋清晏之景。『長欲』二句，又自言宦情之冷，未嘗不夢寐思歸也。

【校勘】

〔一〕揚：蜀刻本、書棚本作『陽』。

病閑〔一〕寄郡中文士

盧橘含花處處香，老人依舊卧清漳。心同客舍驚秋早，迹似僧齋厭夜長。風捲翠簾琴自響，露凝朱閣簟先凉。明朝欲醉文中彦，猶覺吟聲帶越鄉。

評：『閑』寫得出。

此公于病後吟寄文士言近况也。『盧橘』，枇杷也，夏熟，而花則開于隔年之秋，詩取晚而敷花，喻我老人之卧病，依然岑寂如寒士也，故曰『依舊』。『心同』以下，皆承『卧清漳』來，雖官舍而同客舍，驚秋之早；雖衙齋而似僧齋，厭夜之長。『風捲』亦寫秋，『琴自響』，不因弹而響，則絲桐灰于挂壁；『露凝』亦寫秋，簟先凉，不與人偕凉，則病後怯于初寒。『明朝』云云，相寄之語，言欲明朝鼓興，沽酒以醉諸公，猶覺吟聲近于鄉音，庶幾慰我岑寂，破除病况也。

【校勘】

〔一〕閑：蜀刻本、書棚本作『間』。

賀少師相公致政并叙

少師相公未及懸車之年，二室[一]乞罷將相，徵于近代，更無比肩。余受恩門館，竊抒長句寄獻。

六十懸車自古稀，我公年少獨忘機。門臨二室留侯隱，棹倚三川越相歸。不擬優游同陸賈，已回清白遺[二]胡威。龍城鳳沼棠陰在，只恐歸鴻更北飛。

胡威。父質知荊州，威自京師定省。父與絹一匹，威曰：『大人清高，何得此絹？』質曰：『吾俸餘也。』後武帝問威曰：『卿孰與父清？』對曰：『臣父清畏人知，臣清畏人不知，是臣不如父。』

二室。太室、少室也。見前『嵩少』下。

陸賈。見前《登尉佗樓》下。

此公祝賀師相之什，冠裳軒冕，自近金碧粉本，然應酬不得不爾。首言未老而懸車，已爲自古罕有，而公之高尚忘機，并自少而已然。『門臨』以下正言『忘機』之實，門臨二室，早學留侯之辟穀；棹倚三川，久同少伯之泛湖。不若陸賈之功名，優游在位；但似胡威之清白，早已回家。龍城鳳沼，公之建立棠陰不遠，再召無疑，歸鴻仍北，指日俟之矣。

【校勘】

〔一〕二室：蜀刻本作『三表』，書棚本作『二表』。

〔二〕遺：蜀刻本、書棚本作『遺』。

題崔處士山居

坐窮今古掩書堂，二頃湖田一半荒。荆樹有花兄弟樂，橘林無實子孫忙。龍歸曉洞雲猶濕，麝過春山草自香。向夜欲歸心萬里，故園松月更蒼蒼。

評：宕逸。

荆樹。用《齊諧》田真、田廣、田慶兄弟事，已見前。

橘林。李衡爲丹陽太守，于武陵龍陽洲上作宅，種橘千株。臨死，敕兒曰：『吾有千頭木奴，不責汝衣食，歲一匹亦足用矣。』

此題崔之山莊而憶故園也。坐守書堂，謀生無意，則處士之安貧樂道可知。兄弟怡怡而樂，子孫貧乏而忙，是真境，亦是佳話。『龍歸』二句，固是寫山莊之景，亦寓意于處士如龍之卧，如麝之香，因睹此而忽動故鄉之思，松月蒼蒼，更勝于此也。

病後與郡中群公宴李秀才

强留佳客宴王孫，岩上餘花落酒樽。書院欲開蟲網户，訟庭猶掩雀羅門。耳虚盡日疑琴癖，眼暗經秋覺鏡昏。莫引劉安倚西檻，夜來紅葉下江村。

此公于病後宴會之什。首句提起公宴，次句紀時。『書院』四句，寫病後，書院以病而久閉，虫來網户，訟庭以病而猶掩，雀可羅門，耳虚似有琴聲，眼暗但覺鏡黑。『莫引』二句，又申言病後不敢臨風也。『劉安』，用淮南王事。

晨起白雲樓寄龍興江準上人兼呈竇秀才

兹樓今是望鄉臺，鄉信全稀曉雁哀。山翠萬重當檻出，水華千里抱城來。東岩月在僧初起，南浦花殘客已回。欲吊靈均能去否，秋風還有木蘭開。

此于白雲樓寫意以寄上人、秀才也。首句是『白雲樓』，登樓一望，頓起鄉情，徒聞曉雁之鳴哀，不見傳書于雁足，末句『欲去』字、『秋風』字已探喉欲出。又復極目四望，只見萬山疊翠于檻前，遠水環抱于城下，想可共晨夕之人，僧在東岩，客回南浦，皆不得見，此情此景，殊覺無聊。因而欲趁秋風，急回鄉國，乘木蘭之歸舟，吊靈均于江滸，不知果能遂去否也，曰『能去否』，曰『還有』，皆心口相問之詞。

宴餞李員外并序

李群之員外從事荆南，尚書楊公詔徵赴闕，俄爲淮南相國杜公辟命，自漢上舟行至此郡，於雲樓宴罷，解纜阻風却回，因贈。

病守江城眼暫開，昔年吴越共銜杯。膺舟出鎮虚陳榻，鄭履還京下隗臺。雲葉漸低朱閣掩，浪花初起畫檣回。心期解印同君醉，九曲池西望月來。

膺舟。《後漢書·郭泰傳》：『泰字林宗。初見河南尹李膺，膺大奇之，遂相友善。後歸鄉曲，衣冠諸儒，送至河上，車數千輛，林宗惟與李膺同舟而濟，衆賓望之，以爲神仙焉。』

陳榻。《後漢書·陳蕃傳》：『陳蕃爲樂安太守，郡人周璆，高潔之士，前後郡守招命莫肯至，惟蕃能致焉。特爲設一榻，至則掃而待，去則懸之。』

鄭履。《漢書》：『鄭崇，昭帝時爲尚書僕射。每見，曳革履上殿。上聞其拓落之聲，每曰：「我識鄭尚書履聲。」笑而不之罪。』

隗臺。郭隗説燕昭王築黄金臺以招賢士，曰：『請自隗始。』

九曲池。《廣輿記》：『揚州府城西北上有木蘭亭，煬帝建。』

此贈李員外而叙其見重于兩公也。楊尚書、杜相公，皆爲李員外游幕主人，向爲楊從事而來荆南，楊公詔徵赴闕，而公俄爲杜公辟召，須至淮南，自漢上而舟行至此郡，其在郢州乎？宴餞而詩以紀之。『病守』，公自指，『昔年』，叙相共于吴、越之時。『艤舟出鎮』，荆南尚書楊公也，『虚陳榻』，李爲從事也，『鄭履還京』，尚書赴闕也，『下隗臺』，又爲杜相公辟召也。『雲葉』句寫雲樓宴餞，『浪花』句寫解纜阻風。『心期』二句，言意欲解纜而相從，與君同醉淮南也。

酬錢汝州并序

汝州錢中丞以渾赴郢，幾[一]見寄佳什，思憐過等，寵飾逾深。雖吟詠忘疲，實楷模不及。輒率荒淺，依韻獻酬。

白雪多隨漢水流，謾勞旌旆晚悠悠。笙歌暗寫終年恨，臺榭潛消盡日憂。鳥散落花人自醉，馬嘶芳草客先愁。怪來雅韻清無敵，三十六峰當庾樓。

評：妙在寄思不淺。

三十六峰。見『嵩山』下。

此與汝州叙別來近況以酬答其問訊也。首句言『白雲』『漢水』，蓋自荆襄而下，『謾勞旌旆』云者，言其時勞旌旆竟日遠送而別也。『笙歌』四句，寫別後離緒，當笙歌之時而相念，則如寫終年之恨；當臺榭之前而相憶，則潛消盡日之憂；鳥散落花之際則人自醉，意緒不佳，難勝酒也；馬嘶芳草之日則客先愁，情懷甚惡，不耐游也。我之近況如此，而君則雅韻無敵，日對嵩山三十六峰，益增吟興耳，以獻酬意結。

【校勘】

〔一〕幾：蜀刻本、書棚本作『城』，屬上讀。

將歸姑蘇南樓餞送李明府

無處登臨不繫情，一憑春酒醉高城。暫移羅綺見山色，纔駐管弦聞水聲。花落西亭添別夢，柳陰南浦促歸程。前期迢遞今宵短，更倚朱闌待月明。

此在宴餞明府之時而自寫歸情也。言處處登臨，皆不忍別，而今聊借餞送，憑樓一眺，以識去思。曰『一憑』者，言將別去不復再憑也。『見山色』『聞水聲』，皆在城上聞見；『移羅綺』『駐管弦』，皆因餞送駐移。『花落西亭添別夢』，別明府并將別南樓，『柳陰南浦促歸程』，促明府亦將自促。『前期』云者，猶言『更盡一杯酒』，以罄今宵別緒也，與明府繾綣，亦更與南樓繾綣。

和浙西從事劉三復送僧南歸

楚客送僧歸故鄉，海門帆勢極瀟湘。碧雲千里暮愁合，《白雪》一聲春思長。開院草花平講席，繞龕藤葉蓋禪床。憐師不得隨師去，已戴儒冠事素王。

此詩上半首與前《和友人送僧歸桂州》同，解不復贅。『開院』二句，寫僧家時景。『憐師』二句，送別之辭。

送上元王明府赴任

莫言名重懶驅鷄，六代江山碧海西。日照蒹葭明楚塞，烟分楊柳見隋堤。荒城樹暗沉書浦，舊宅花連罨畫溪。官滿定知〔一〕歸未得，九重霄漢有丹梯。

此送王赴任上元之什。首言勿以驅鷄小吏爲輕而懶爲之，上元爲六代都城，勝國江山在焉。『日照』以下，正言其襟長江而上下數千里，直接荆楚，面維揚，而南北數十城可見。『隋堤』，指其形勝也。『沉書浦』，查上元無此浦名，但有『投書渚〔二〕』，在江寧府西南，相傳殷羡投書處，竊恐當在豫章，公詩即用此亦未可知。此句言明府來此，罨畫溪在宜興，此句指明府舊居，意連下『官滿』二句，言明府報最超遷，姓名得達于九重，而干霄有路，將在上元發軔矣。打轉首句。

【校勘】

〔一〕知：原作「如」，據蜀刻本、書棚本改。

〔二〕渚：原作「注」，據《（景定）建康志》卷一九改。

送沈卓少府任江都

煬帝都城春水邊，笙歌夜上木蘭船。三千宮女自塗地，十萬人家如洞天。艷艷花枝官舍晚，重重雲影寺墻連。少年作尉須兢慎，莫向樓前墜馬鞭。

評：艷處不浮。

煬帝都城。見前《汴河亭》下注。

此以江都繁華之地而爲少府進箴規也。揚州昔爲煬帝游幸之所，城在水邊，笙歌徹夜不絕，「木蘭船」即指當時鳳舸龍舟。「三千宮女」，指當時殿脚女，「自塗地」，言不惜也，「十萬人家」，以城中户計，「如洞天」，極寫其繁華非復人間也。「花枝」「雲影」二句，正言「如洞天」之實。末二句雖箴規之辭，而極爲諧謔，歸于風雅。

酬邢杜二員外并序

新安邢員外懷洛下舊居，新定杜員外思關中故里，各蒙緘示，因寄一詩以酬。

雪帶東風洗畫屏，客星懸處聚文星。未歸庾[一]嶺暮雲碧，久別杜陵春草青。熊軾并驅因雀噪，隼旟齊駐是鴻冥。豈知京洛舊親友，夢繞潺湲江上亭。

此爲兩員外酬和而各言其懷也。首句紀時序，次句領起二員外并己，『客星』即『文星』，言皆以詩相聚。『未歸庾嶺』，言皆在嶺南也，『久别杜陵』，指關中。『熊軾』，以熊皮飾車，『雀噪』，疑是鵲噪，蓋二員外皆以恤刑出使于此，隼旟駐于嶺外，如冥鴻之息羽于此也。『豈知』二句，收懷洛下思關中意，『京』謂關中，『洛』謂洛下。

【校勘】

〔一〕庾：蜀刻本、書棚本作『嵩』。

經故丁補闕郊居

死酬知己道終全，波暖孤冰且自堅。鵩上承塵纔一日，鶴歸華表已千年。風吹藥蔓迷樵徑，雨暗蘆花失釣船。四尺孤墳何處是，闔閭城外草連天。

鵩上。賈誼《鵩鳥賦》：『誼爲長沙王傅，有鵩鳥飛入誼舍，止于承塵。鵩似鴞，不祥鳥也。誼自傷悼，以爲壽必不長，乃爲賦以自廣。』

此過補闕故居而感賦也。補闕必爲友而死，故首言死酬知己以全交道，如孤冰之堅，雖暖不散也，嗟乎！補闕如賈誼，逢鵩而亡，如令威，化鶴而去矣。丁用本姓，極佳。昔之樵徑、釣船，今爲藥蔓所閉，蘆花所掩，且不知君之孤墳何在，空望闔閭城外荒草連天而已，豈不重可感哉！

陪宣城大夫崔公泛後池兼北樓宴二首

陪泛芳池醉北樓，水花繁艷照膺舟。亭臺陰合樹初晝，弦管韻高山欲秋。皆賀虢岩終選傅，自傷燕谷未逢鄒。昔時恩遇今能否，一尉滄洲已白頭。

江上西來共鳥飛，剪荷浮泛似輕肥。王珣作簿公曾喜，劉表爲邦客盡依。雲外軒窗通早景，風前簫鼓送斜暉。宛陵行樂金陵住，遥對家山未憶歸。

評：□節較□首吏□[一]。

虢岩選傅。《書》：『説築傅岩之野。』在今虢縣，故云『虢岩』，喻崔。

燕谷逢鄒。用鄒陽暖谷回春事，喻己。

王珣。《晉書》：『王珣爲桓温主簿，人曰：「短主簿能令人喜，能令人怒。」』

劉表。《三國志》：『劉表爲荆州牧，王粲避難往依之。』

此二首公與崔大夫游晏而叙其結納之雅也。首句叙陪泛後池北樓，次句承明亭臺弦管，叙游晏之時之景。『皆賀』以下，言崔之遭遇，終當膺旁求之選，而我之遭遇，不能回燕谷之春。『昔時』二句，承明現今一尉，淹留于滄海，而頭已白矣。

次首第一句『江上西來』，言向從西而來，在于江上，如鳥之飛來，得依栖于此，與君剪荷浮泛，竟似輕肥。『王珣作簿』，喻己之作尉而崔喜，『劉表爲邦』，喻崔之在宣城而公以爲依。『雲外』『風前』，又申今日晏樂竟日之景。『宛陵行樂』，言此時行樂之地去金陵不遠，雖遥對家山而不憶歸，極言聚首之樂之至也。

【校勘】

〔一〕□節較□首吏□：七字原本漫漶，據崇禎本補。

留别趙端公并序

余行次鍾陵，府中諸公宴餞趙端公。曉赴郡齋，宿約余來，且整棹，因留别。

海門征棹赴龍瀧，暫寄華筵倒玉缸。簫鼓散時逢夜雨，綺羅分處下秋江。孤帆已過滕王閣，高榻留眠謝守窗。却願烟波阻風雪，待君同拜碧油幢。

滕王閣。《廣輿記》：「在南昌府城章江門外，唐高宗子元嬰封滕王時建。」

謝守窗。謝元暉爲永嘉守。時公爲府中諸公所留，故以謝守喻府公。

碧油幢。軍幕也。時公亦將與趙有軍門之謁，故云。

此叙宴餞時與趙暌離之故。「海門」二句，叙來于海門，將赴龍瀧，而暫留于鍾陵，以致宴餞也。「簫鼓」句承「華筵」，叙己之終席而適逢夜雨，「綺羅」句叙趙以曉赴郡齋而分手于此。「孤帆」句承「下秋江」來，言趙已去郡，「高榻」句承「夜雨」來，言己尚未離此。「却願」云云，寫留别語言，願假風雪以淹留，待君同拜軍幕，以踐宿約耳。

寄陽陵處士

舊隱青山紫桂陰，一書迢遞寄歸心。謝公樓上晚花盛，楊子宅前春草深。吴岫雨來溪鳥浴，楚江雲暗嶺猿吟。野人寧憶滄洲畔，會待吹嘘定至音。

此與處士寒温之什。首言處士舊隱之處，寄書來此，以告我歸心。維時彼此懸隔，謝公樓下之花盛于此際，楊子宅邊之春亦深于此時，猶言春光如許，兩地共之也。吴岫雨來則溪鳥自浴，楚江雲暗則嶺猿自吟，言猿鳥各適其天，喻隱士之幽閑自得。『野人』二字緊頂上意，坐在隱士身上，深山野人亦憶我滄洲之伴否乎？而我則有待于吹嘘〔一〕以定至音也。此必有所指，與處士相訂之説，或摻琴瑟，或訂律吕，俱未可知。

【校勘】

〔一〕嘘：原作『虚』，據詩文改。

與張道士同訪李隱居不遇

千岩萬壑獨携琴，知在陵〔一〕陽不可尋。去轍已平秋草遍，空〔二〕齋長掩暮雲深。霜寒橡栗留〔三〕

山鼠，月冷菰蒲散水禽。惟有西鄰張仲蔚，坐來同愴別離心。

『留山鼠』評：公每善用『留』字。

張仲蔚。《漢書》：『張仲蔚，平陵人。博學，善詞賦。杜門養性，三徑蓬蒿没人，時人不識也，惟劉龔知之。』

此訪隱居不遇而賦以致意也。首句言隱居携琴入山，次句言雖知其隱處而不可得見，猶言『只在此山中，雲深不知處』也。『去轍』二句，寫隱居門庭闃静之致。『霜寒』二句，并寫隱居溪山幽僻之景與猿鳥居游同趣意。『惟有』二句，言與張道士同相憶念也。

【校勘】

〔一〕陵：原校『一作龍』。

〔二〕空：原校『一作寒』。

〔三〕霜寒橡栗留：原校『一作霜嚴枳橘供』。

聞州中有宴寄崔大夫兼簡邢群評事

簫管筵間列翠蛾，玉杯金液耀金波。池邊雨過飄帷幕，海上風來動綺羅。顏子巷深青草遍，庾君樓迴碧山多。甘心不及同年友，卧聽行雲一曲歌。

此寫宴筵之景而致悵悒也。『筵管』四句寫宴，『顔子』四句寫己不與宴，無他寓言，意自明。

寄殷堯藩秀才

十載功名翰墨林，爲從知己信沉沉。青山有雪諳松性，碧落無雲稱鶴心。帶月獨歸蕭寺遠，玩花頻醉庾樓深。思君一見如瓊樹，空把新詩盡日吟。

此推獎秀才而詠，言秀才十載辛勤于翰墨之中，只從知己無期，信不可得，所以埋頭日久也。『青山』二句，喻言秀才以松性耐雪，鶴志凌雲，見孤情遠志。『帶月』二句，見秀才愛月惜花，亦在蕭寺、庾樓，而自與流俗不同。『瓊樹』云云，其心愛美，而推許也至矣。

贈河東虞押衙二首

長劍高歌换素衣，君恩未報不言歸。舊精鳥篆諳書體，新授龍韜識戰機。萬里往來征馬瘦，十年離别故人希。平生志氣何人見，空上西樓望落暉。吴門風水落萍流，月滿花開懶獨游。萬里山川分曉夢，四鄰歌管送春愁。昔年顧我長青眼，今日逢君盡白頭。莫向樽前更惆悵，古來投筆總封侯。

此與押衙習熟而賦贈也。第一首詠押衙豪狹之概，『長劍高歌换素衣』，慷慨悲歌，以身許國，君恩未報，不忍言歸，分明有『勇士不忘喪其元』之意。舊諳書法，新授兵書，學術皆歸有用。萬里往來，十年離别，踪迹不在尋常。押衙之生平如此，嘆雄心之未遂，慨知己之無人。上西樓而望落暉，儼然是『魚皮包劍無歸處，好向南山斵暮田』氣象也。

第二首詠己與押衙交好之雅。言向來在吴門時，曾與押衙萍踪會合，花月同游。而後來别去，山川萬里，曉夢長分，即當四鄰歌管喧闐之境，常致人遐室邇之愁。蓋當時不以白眼相看，而今日竟于白頭相遇，依然故我，未遂夙心，能無惆悵？然而遇合有時，古來投筆盡封侯，亦聊相慰勉之辭也。

陵陽春日寄汝洛舊游

百年身世似飄蓬，澤國移家疊嶂中。萬里緑〔一〕波魚戀釣，九重青漢鶴愁籠。西池水冷春岩雪，南浦〔二〕花香曉樹風。縱有〔三〕芳樽心不醉，故人多在洛城東。

此于陵陽寫懷以寄舊時游侣也。首句言身世居游無定，以澤國之人而移家疊嶂，正見飄蓬。『萬里』句喻己之戀此微禄，如魚之貪餌；『九重』句喻己之不得冲霄，如鶴之在籠。『西池』『南浦』，叙此地風光，曉樹花香，豈無卮酒，心念故人，遠隔洛城，何日得同舊游快飲耶？

【校勘】

〔一〕萬里緑：原校『一作萬頃碧』。

〔二〕浦：原校『一作陌』。

〔三〕有：原校『一作酌』。

酬杜補闕初春雨中泛舟次横江喜裴郎中相迎見寄

江館維舟爲庾公，暖波微渌雨濛濛。紅檣迤邐春岩下，朱旆聯翩曉樹中。柳滴暖〔一〕波生細浪，梅含香艷吐輕風。郢歌莫問青山吏〔二〕，魚在深池鳥在籠。

『柳滴暖波生細浪梅含香艷吐輕風』句評：倩句不傷巧。

此寫舟游之趣以寄同游之人也。首言江館維舟，以補闕相邀泛舟，而適值春雨，與暖波微渌相洽，情境俱佳。當紅檣迤邐之時，舟次横江也；恰朱旆聯翩之際，郎中相迎也。當是時，柳作麯塵之色，映于細浪之間，梅含香雪之姿，吐于輕風之下，此景之與人領略無盡，可以永日，不問其他。一聽野人郢歌自適，不須回避青山之吏，魚在池而鳥在籠，不妨各適其適也。

【校勘】

〔一〕暖：蜀刻本、書棚本作『圓』。

〔二〕吏：原校『一作客』。

送張厚淛東修謁

凉露清蟬柳泊空，故人遥指淛江東。青山有雪松當澗，碧落無雲鶴出籠。齊唱離歌愁晚月，獨看征棹怨秋風。定知洛下聲名士，共説膺門得孔融。

此送張厚而極稱其品也。『凉露』句紀其時，『故人』即指厚，出將之淛東。『青山』二句，喻張〔一〕厚之品如松之當雪，如鶴之出籠。『齊唱』二句，聚相送意。『定知』二句，以孔融美厚，以李膺美厚所謁之人。

【校勘】

〔一〕張：原作『李』，據詩題改。

丁卯集箋注卷之八

七言律

酬副使鄭端公見寄

一日高名遍九州，玄珠仍向道中求。郢中《白雪》慚新唱，塗上青山憶舊游。笙磬有文終易別，珠璣無價竟難售〔一〕。柳營迢遞江風〔二〕闊，夜夜孤吟月下樓。

玄珠。《莊子·天地篇》：『黄帝游乎赤水之北，登乎昆侖之邱而南望。還歸，遺其玄珠。使知索之而不得，使離朱索之而不得，使喫詬索之而不得也，乃使象罔，象罔得之。黄帝曰：「異哉！象罔乃可以得之乎？」』

郢中《白雪》。宋玉對楚王曰：『客有歌于郢中者，其始曰《下里》《巴人》，國中屬而和者數千人。其爲《陽阿》《薤露》，國中屬而和者數百人。其爲《陽春》《白雪》，國中屬而和者不過數十人。』

塗上青山。當塗縣有青山。

柳營。周亞夫軍於細柳，營壘精嚴，後人稱節越〔三〕皆以『柳營』相推。

此酬鄭副使而贊美其原唱。首言副使高名遍九州，玄珠以象罔求得，則已探討極于精微。『郢中《白雪》』，言原唱之難于和也，『塗上青山』，念昔游之曾與共也。『笙磬有文』承『《白雪》』句，雖難和而猶易别其佳，『珠璣無價』，并及學道之精微，承『玄珠』句。『柳營』指副使現在所轄營伍，言在壁壘之中，想見其孤吟月下，迢遞江風如不能相隔也。

【校勘】

〔一〕售：蜀刻本、書棚本作『酬』。

〔二〕江風：蜀刻本、書棚本作『風江』。

〔三〕越：疑當作『鉞』。

酬綿州于中丞使君見寄

故人書信越褒斜，新意雖多舊約賒。皆就一麾先去國，共謀三徑未還家。荆巫夜隔巴西月，鄢郢春連漢上花。半月離居猶悵望，可堪垂白各天涯。

一麾。韓延年《五君詠》：『屢薦不入官，一麾已出守。』

三徑。前見《送嶺南盧判官》下。

此與于中丞酬和之什。中丞在綿州，越褒中斜谷之道而書信往來，新意雖多，而舊約終未能踐。下正言『舊約賒』也，言向來共有買山之約，而今日皆以一麾而出，未成三徑之謀。中丞尚在巴西，我亦仍在鄖郢，雖半月離居，猶覺悵望，而況以垂白之年而遠在天涯，又何以堪此哉！

春早郡樓書事寄呈府中群公

兩鬢垂絲髮半霜，石城孤夢繞襄陽。鴛鴻幕裏蓮披檻，虎豹营中柳拂墻。畫舸欲行春水急，翠簾初捲暮山長。峴亭風〔一〕起花千片，流入南湖盡日香。

幕裏蓮。用王儉事，見《中秋夕寄大梁》下。

營中柳。用細柳營事，注屢見。

此鋪張府中群公佳勝以相寄也。首二句以己之年已老大而滯于一官，孤處石城，夢與群公相接而日繞襄陽即府中也。以下詳襄陽之實：其在鴛鴦幕裏盡是蓮花，其在虎豹營中皆成細柳，喻文武之各事其事也；畫舸行于春水，翠簾捲于暮山，言游處各得其所也；峴亭風起，花片南流，香氣氤氳，薰然入座，恍與石城孤夢相通，打轉首二句意。通首皆指府中，只首二句爲『郡樓書事』。

【校勘】

〔一〕風：原作『夙』，據蜀刻本、書棚本改。

元處士自洛歸宛陵山居見示詹事相公餞行之什因贈

紫霄峰下絶韋編，舊隱相如結襪前。元君多〔一〕隱廬山學《易》，常爲相國師服。月落尚留東閣醉，風高還憶北窗眠。江城夜別瀟瀟雨，山檻晴歸漠漠烟。一頃豆花三頃竹，想應抛却釣魚船。

結襪。張釋之事，與相如無涉，字疑有誤，『如』字宜作『知』字。

此贈元處士山居而及其與詹事交契之素也。紫霄峰下，元曾學《易》于此，而詹事虚心下交，如釋之與王生結襪故事，蓋相公與元相得之故在此。『月落』以下，言相公餞行之意，向來留飲于東閣，而元生意戀于北窗，所以欲歸。『江城夜別』，歸宛陵也，『山檻晴歸』，安山居也。『一頃豆花』，隱山居之事，『抛却魚船』，言在山則不復行游水上也。

【校勘】

〔一〕多：蜀刻本、書棚本作『舊』。

送元晝上人歸蘇州兼寄張厚二首

自卜閑居荆水幽〔一〕，感時相别思悠悠。一樽酒盡青山暮，千里書回碧樹秋。深巷久貧知〔二〕寂寞，小詩多病尚風流。晝公此去應相問，爲説沾巾憶舊游。

二年無事客吴鄉，南陌春園碧草長。共醉八門回晝舸，獨還三徑掩書堂。前山雨過池塘滿，小院秋歸枕簟凉。經歲别離心自苦，何堪黄葉落清漳。

八門。姑蘇郡城共八門，詳别見。

此托元晝上人寄張厚之作，二首俱寄張之意多而送元晝之意少。首言自卜閑居，我之如屈原卜居于荆水之幽，鬱鬱于此，閲時久别，思君意長。『一樽』二句，言送元晝則酒盡而青山已暮，念張厚則書回而碧樹已秋。『深巷』二句，言我居深巷，自知寂寞，而詩雖多病，尚覺風流。奉托晝公，張厚定來相問，爲告以沾襟相憶之致可也。

次首『二年』云云，承上申舊游也。向者無事客吴，偕君任意游泳，八門畫舸，流連竟日，而其後我則獨還三徑書堂，謝客掩關。至今日我于此地，山前雨過，小院秋歸，隨地隨時，皆相憶念。經别離之苦，又當秋深落葉之時，誠何以堪此也？此則通首寫張厚，更無一字及元晝。

【校勘】

〔一〕幽：原校「一作頭」。

〔二〕知：原校「一作長」。

酬和杜侍御并序

河中杜侍御祇命本府，自鍾陵舟抵漢上，道出茲郡。以某耑使奉迎，先蒙雅什見貽，竊慕清才，輒酬和。

花時曾省杜陵游，聞下書帷不舉頭。因過石城先訪戴，欲朝金闕暫依劉。征帆夜轉鸕鷀穴，騁〔一〕騎春辭鸛雀樓。正把新詩望南浦，棹歌應是木蘭舟。

此與杜侍御叙其先後相聚之由，而和其見貽之什也。言向年花時在長安，曾爲杜陵之游，而其時正在下帷，未得過從。此時因過石城，出茲郡也，我先訪戴，以專使奉迎也；侍御實以祇命之故，欲朝金闕，而暫得依劉。斯時也，侍御之『征帆夜轉』，舟抵漢上也，『騁騎春辭』，將朝金闕也。以雅什見貽，我則正把新詩望南浦，知其棹歌當賦木蘭舟也。

【校勘】

〔一〕騁：蜀刻本、書棚本作『聘』。

酬河中杜侍御重寄

五色如絲下碧空，片帆還繞楚王宮。文章已變南山霧，羽翼應摶北海風。春雪預呈霜簡白，曉霞先染綉衣紅。十千沽酒留君醉，莫道歸心似轉蓬。

南山霧。《列女傳》：『陶答子妻諫其夫曰：「妾聞南山有玄豹，隱于霧雨中，七日而不下食者，何也？欲以澤其衣毛而成其文章也。」』

綉衣。《漢書》：『直指衣綉衣。』

十千。曹植《名都篇》：『歸來宴平樂，美酒斗十千。』

此首酬重寄之什，又以侍御之名位盡其鋪揚也。『五色如絲』，奉詔入京也，『片帆還繞』，即上叙中『自鍾陵舟抵漢上』意。『文章已變』，言已得第，『羽翼應摶』，言將來前程無限。『春雪』云云，言此時之春雪恰似白簡凝霜，而曉霞正照，綉衣耀彩。『十千』云云，言欲杯酒攀留，以盡繾綣，毋遽匆匆别去也。

寄獻三川守劉公并序

余奉陪三川守劉公宴，言嘗蒙詢訪行止，因話一麾之任，冀成三徑之謀。特蒙俯鑒丹誠，尋許慰薦。屬移〔一〕履道，卧疾彌旬，輒書二章寄獻。

三川歌頌徹咸秦，十二樓前侍從臣。休閉玉籠留鸑鷟，早開金埒縱麒麟。花深穉榻迎何客，月在膺舟醉幾人。自笑東風過寒食，茂陵寥落未知春。

半年三度轉蓬居，錦帳心闌羨隼旟。老去自驚秦塞雁，病來先憶楚江魚。長聞季氏千金諾，更望劉公一紙書。春雪未晴春雨貴，莫教愁殺馬相如。

十二樓。漢公孫卿言：『仙人好樓居。』黃帝時爲十二樓以候神人。此但借取仙家之樓以擬帝居也。

季氏。季布一諾。《史記》本傳：『曹邱生謂布曰：「得黃金百斤，不如得季布一諾。」』

劉公。劉琨也。

此公與劉公有知己之感而寄賦也。劉公爲三川守，歌頌徹于咸秦，蓋以從前劉爲侍從之臣，而被命出守。『休閉』二句，溯其始也，于是爲守三川，心存好士，如徐穉之榻，不知所迎何客；如李膺之舟，不知所醉幾人，言其延攬之多。然則劉之廣收豪俊，不吝吹嘘可知矣。我只自笑寒食已過，東風未遇，而茂陵寥落，不沐春温也。

二首言我之留滯于此，半年之間，三轉蓬居，蓋公此時爲侍御在都，以差委而出者已經三次，故云然。

錦帳則無心，隼旟則有意，即叙中『一麾之任』『三徑之謀』也。老去多病，彈鋏思魚，長聞季布一諾，足抵千金，劉琨一書，自當不惜。而何以遲遲至今，春雪未晴而春雨不至，莫教令人愁殺也。『相如』緣上『茂陵』，『春雪』『春雨』緣上『東風』『寒食』。

【校勘】

〔一〕移：蜀刻本、書棚本下有『居』字。

送段覺之西蜀結婚

詞賦名高身不閑，彩衣如錦度函關。鏡中鸞影羅威去，劍外花歸衛玠還。秋浪遠侵黄鶴嶺，暮雲遥斷碧鷄山。此時人問西游客，心在重霄鬢欲班。

羅威。用吐鳳事。

衛玠。《晉書》：『玠字叔寶，衛恒子，衛瓘孫。風神秀異。總角時，乘羊車入市，見者以爲玉人。玠妻父樂廣有海内重名，議者以爲婦公冰清，女婿玉潤。琅琊王澄有高名，每聞玠言，輒嘆息絶倒，故時人爲之語曰：「衛玠談道，平子絶倒。」京師人士聞其姿容，觀者如堵。玠有勞疾，卒時年二十七，時人謂玠被人看殺。』

此公送段入蜀結婚而告蜀人以近狀也。言覺之詞賦名高，身爲應酬而不閑，今衣彩衣而入蜀，如衣錦衣而度函關，不啻登仙。『鏡中鸞影』，言段赴婚，如鏡中之鸞影，引鳳而去，以羅威吐鳳故用之；段入蜀，隨劍外之花歸，然後乃還，以衛玠有『女婿玉潤』之譽故用之。黄鶴嶺、碧鷄山，蓋并在蜀中，『秋浪遠侵』『暮雲遥斷』，皆送别語言。此時西蜀有故人相問向年西游之客，則答云我未嘗不心在重霄，意欲脱此樊籠，飄然霞舉，而無如荏冉光陰，鬢已班矣。

長慶寺遇常州阮秀才

高閣晴軒對一峰，毗陵書客此相逢。晚收紅葉題詩遍，秋待黄花釀酒濃。山館日斜喧鳥雀，石潭波動戲魚龍。上方有路應知處，疏磬寒蟬樹幾重。

評：情景高曠。

此爲常州阮秀才賦贈也。『高閣晴軒』是長慶寺，『毗陵書客』是常州阮秀才，二句題已盡。以下總在長慶寺上，寫出秀才不俗，收紅葉而題詩，待黄花而釀酒，則秀才居然詩酒中人；山館日斜，鳥雀之聲在耳，石潭波動，魚龍之戲在目，則秀才居然會鳶飛魚躍之趣。長慶寺何在？上方之路何在？只一路磬聲與蟬聲相接引于幾重之樹而已分明，樹色蟬聲，隱然説法意。

贈閑師

近日高僧更有誰，宛陵山下遇閑師。東林共許三乘學，南國争傳五字詩。初到庾樓紅葉墜，夜投蕭寺碧雲隨。秋江莫惜題佳句，正好磷磷目〔一〕底時。

東林。晉《高僧傳》：『沙門惠永在西林，與慧遠同門游好，遂邀同止。剌史桓伊以學徒日衆，更爲遠建東林寺。嗣後分張徒衆，各倡宗風。』

三乘。見前《冬日開元寺》下。

此公贈僧閑，以近日高僧許之，言在宛陵相遇，知其深通三乘之學，能吟五字之詩。其到庾樓，與檀越晉接，則紅葉墜言，一座繽紛也；其投蕭寺，入山安禪，則碧雲隨言，雲烟變滅也。又言當此秋江磷磷見底，正好題句，以江之澄澈喻僧之見性。

【校勘】

〔一〕目：書棚本同，蜀刻本作『見』。

東游留别李叢秀才

煩君沽酒强登樓，罷唱離歌説遠游。文字豈勞諸子重，風塵多幸故人憂。數程山路長侵驛，千里家書動隔秋。起凭欄干各垂淚，又驅羸馬向東州。

此與李叢叙别之什。只起句一『强登樓』三字，有多少鬱紆無那之情，末句『垂淚』意已在心中口下，『唱離歌』接出别意，『説遠游』起下文字，以下皆所説也。以文字見重于諸子，其爲知己也猶淺，而以風塵見憂于故人，則其同憂之情可感深矣。而今所歷者，『數程山路長侵〔一〕驛』，跋涉勞矣；『千里家書動隔秋』，鄉信阻矣。我之垂淚，固所宜也，而君亦爲我垂淚，能毋一言留别乎？『又驅』句是自想自憐，與李舉手而别之語也。公與李蓋蘇、李之交，讀此詩想見握手道周，臨岐悵惋之致。

【校勘】

〔一〕長侵：原作『侵長』，據詩文乙。

竹林寺别友人

騷人吟罷起鄉愁，暗覺年華似水流。花滿謝城傷共别〔一〕，蟬鳴蕭寺喜同游。前山月落松杉晚〔二〕，深夜風清枕簟秋。明日分襟又何處，江南江北嶺〔三〕悠悠。

蕭寺。梁武帝姓蕭氏，學浮圖，喜作佛寺遍天下，故後世率以佛寺稱蕭。

首言友人在寺吟罷思歸，暗覺年光如水之流而去也。花滿之時，向見傷心遠别；蟬鳴之候，今朝喜與同游，如水年光，于兹益驗。加以前山落月，深夜清風，今日携手而來，明日又分襟而去，我在江南，君居江北，兩地悠悠，當何以爲情哉？

【校勘】

〔一〕共别：蜀刻本、書棚本作『折柳』。

〔二〕晚：蜀刻本、書棚本作『曉』。

〔三〕嶺：蜀刻本、書棚本作『路』。

送處士武君歸章洪山居

形影無群消息沉，登門三繫〔一〕血沾襟。皇綱一日開寃氣，青史千年重壯心。却望烏臺春樹老，獨歸蝸舍暮雲深。何時縱有徵書至，雪滿重山不可尋。

處士所遭事故未詳本末，曰『形影無群消息沉』，此必生平孤立無攸，韜名養晦之人，曰『登門三繫血沾襟』，忽遭械繫之慘。曰『皇綱』云云，則寃已白矣，『青史』云云，美其流芳于後也。『却望烏臺春樹老』，計其對簿之時以及雪寃之日，已閱有年所也；『獨歸蝸舍暮雲深』，歸章洪山居也。『縱有徵書』二句，言其卒成高隱，入山惟恐不深也。

【校勘】

〔一〕登門三繫：蜀刻本、書棚本同，烏絲欄詩作『登聞三擊』，是。

題義女亭

身没蘭閨道日明，郭南尋得舊池亭。詩人愁立暮山碧，賈客怨離秋草青。四望月沉疑掩鏡，兩檐花動認收屏。至今鄉里風猶在，借問誰傳義女銘。

評：魂欲來。

此詩題義女，未詳義女行實，而但詠池亭之景。首句寫義女之得名，以明于道之故，次句接出亭。以下寫詠亭之詩人則愁立于亭旁，而惟見暮山之碧；過亭之賈客則怨離于今時，而適當秋草之青。四望無月，承『暮山』句，兩檐有花，承『青草』句，疑『掩鏡認收屏』關合義女。『至今』二句，言鄉里猶識其義風，而銘猶傳于今日也，雖係空寫，并不摭實，然俱蘊藉。

吴門送振武李從事

晚促離筵醉玉缸，《伊州》一曲淚雙雙。欲携刀筆從新幕，更宿烟霞别舊窗。胡馬近秋侵紫塞，吴帆乘月下清江。嫖姚若許傳書檄，坐築三城看受降。

《伊州曲》。《唐·地里志》：『伊州伊吾郡，本西伊州。貞觀六年更名樂苑。』有《伊州歌》《伊州商調曲》，西京節度蓋〔一〕嘉運所進。

嫖姚。《漢書》：『霍去病再從大將軍出塞，爲嫖姚校尉。』荀悦《漢紀》『嫖姚』作『票鷂』，鳥名，因以名官，取其輕捷。《杜臆》：『嫖姚讀平聲，有服虔可據，六朝人常用之，不自杜始也。』

受降城。漢武帝時築三受降城于塞外。

此送李從事從軍之什。振武，軍名，時李將以從事赴振武軍，詩以送之。首云『晚促離筵』，是『送』字，次『《伊州》一曲』承『離筵』，落出『振武軍』。『携刀筆』，指從事將别，『宿烟霞』，在吴門餞送。『胡馬』句承『新幕』，『吴帆』句承『舊窗』。『嫖姚』喻振武主帥，『許傳書檄』，言令從事以簡書效力，承『刀筆』，『坐築』云云，以傳檄成功祝送之也。

【校勘】

〔一〕蓋：原作『盛』，據《樂府詩集》卷七九改。

郊居春日有懷府中諸公并柬〔一〕王兵曹

欲學漁翁釣艇新，濯纓猶惜九衢塵。花前更謝依劉客，雪後空懷訪戴人。僧舍覆棋消白日，市樓賖酒過青春。一山桃杏同時發，誰似東風不厭貧。

評：寫懷亦韻。

此寫郊居春日之况以寄同僚友也。首言我欲歸釣滄浪，而猶豫塵纓不遽去者，蓋由九衢交游，戀戀不捨，此句唱起下意。花前則作依劉之客，同進退于荆州；雪後則與訪戴之人，共流連于剡上，皆指府中諸公，曰『更謝』，曰『空懷』，此時皆不得聚首也。今日者僧舍清閑，覆棋于白日，市樓散步，賒酒于青春。夫至于尋常酒債，可謂貧矣，人皆厭之，而惟有東風不欺我，又教桃杏一山同時盡發，郊園彌望，春光如許也。二句亦即景而寓諸公寒温嘘拂之意。

【校勘】

〔一〕并東：原作『井東』，據蜀刻本、書棚本改。

同韋少尹傷故衛〔一〕尉李少卿

客醉更長樂未窮，似知身世一宵空。香街寶馬嘶殘月，暖閣佳人哭曉風。未卷綉筵朱閣上，已開塵席畫堂〔二〕中。何須更賦山陽笛，寒月沉西水〔三〕向東。

此以生死倏忽傷友也。李少卿，蓋與韋少尹及公同與筵宴，俄而李作故人。詩以客醉更長，樂且未窮，徘徊流戀而不捨，似知只此一宵長謝身世而然也。香街寶馬，賓朋甫散，暖閣佳人，哭泣曉風。方是時，朱閣之綉筵未捲，畫堂之塵席已開，死生旦暮如此，豈不可哀！而此時月向西沉，頃刻之間耳，嗟乎！人生如寄，泡影須臾，可以晤矣。『山陽笛』用向子期《笛賦》語。

【校勘】

〔一〕衛：原本無，據蜀刻本、書棚本補。

〔二〕堂：原作『屏』，據蜀刻本、書棚本改。

〔三〕水：原作『未』，據蜀刻本、書棚本改。

舟行早發廬陵郡郭寄滕郎中

楚客停橈太守知，露凝丹葉自秋悲。蟹〔一〕螯只恐相如渴，鱸膾應防曼倩饑。風捲曙雲飄角遠，雨昏寒浪挂帆遲。離心更羨高齋夕，巫峽花深醉玉卮。

相如渴。司馬相如有消渴之疾。

曼倩饑。東方朔言：『臣朔饑欲死。』

飄角。角笳聲也。

此公舟過廬陵而賦寄太守也。『楚客』，公自謂也，方停橈而太守知之，于是宴于高齋，比早即挂帆不別而去，故詩寄之如此。首二句領起，爲一詩之綫索，因停橈而太守知之，因露凝而有秋悲，于是太守以蟹螯、鱸膾飫我，皆秋物也，慰我飢渴，知我悲秋也。風捲曙雲，聞角聲而不寐，悲秋也；雨昏寒浪，挂征帆而早行，悲秋也。發帆之後，離心更繞于高齋再會之期，重卜明春于巫峽，太守之知我如此，能不爲之心醉？一詩奉寄，行矣，不復停橈矣。

【校勘】

〔一〕蟹：原作『雲』，據蜀刻本、書棚本改。

聞邊將劉臯無辜受誅

外監多假帝王尊，威脅偏裨勢不存。才許誓心安玉壘，已傷傳首動〔一〕金門。三千客裏寧無義，五百人中必有恩。却賴漢庭多烈士，至今猶自伏蒲輪〔二〕。

三千客。田文食客三千。

五百人。《漢書》：『漢將韓信、曹參殺龍且，虜齊王廣，田横自立爲王。漢將灌嬰敗横軍于嬴下，横亡走，與其屬五百人俱入海，居隝中。高帝赦其罪而召之，横謝曰：「臣烹陛下之使酈食其，今聞其弟商爲漢將而賢，臣恐懼不敢奉詔。」高帝乃詔衛尉酈商曰：「齊王横即至，人馬從者敢動摇者致夷族。」乃復使使持節具告以詔意，曰：「横來，大者王，小者侯耳。不從，且受誅。」横乃與其客二人乘傳詣洛陽，至尸鄉廐置，横謂其客曰：「横始與漢王俱南面稱孤，今漢王爲天子，而横乃北面事之，其愧已甚。且吾烹人之兄，與其弟比肩而事主，彼總〔三〕畏天子詔，不敢動摇，我獨不愧于心乎！且陛下所以欲見我者，不過欲一見我面貌耳。今斬吾頭，去洛陽三十里間，形容尚未能敗。」遂自剄，令客奉其頭從奏之。帝曰：「嗟乎！有以也夫，豈非賢哉！」爲之流涕，拜其二客爲都尉，發卒二千，葬以王者禮。既葬，二客穿其冢旁，皆自剄從之。帝聞而大驚，以横之客皆賢者，并使使召五百人于海中。使至，聞横死，五百人亦皆自殺。』

伏蒲論。言在廷之烈士伏青蒲而論其事也。若蒲輪，則是安車之飾，與上無涉也。

此痛劉皋之無辜被戮也。劉皋何故受誅未詳，玩詩『外監』云云，是内侍監軍，假王威而挾制偏裨，殺忠良而不愜公論者。『外監』四句叙明其事，『三千』二句言劉皋幕中、營内竟無一慕義感恩之人，而猶賴在廷烈士爲之伏青蒲而争論也。

【校勘】

〔一〕動：原校『疑當作慟』。

〔二〕輪：原校『疑當作論』，書棚本作『論』。

〔三〕總：《漢書》卷三三《田儋傳》作『縱』。

送薛秀才南游

姑蘇城外柳初凋，同上江樓更寂寥。繞壁舊塵風漠漠，對窗寒竹雨蕭蕭〔一〕。憐君别路隨秋雁，盡我離觴任晚潮。從此草《玄》應有處，白雲青草一相招。

草《玄》。《楊雄傳》：『哀帝丁、傅、董賢用事，諸附之者或起家至二千石。時雄方草《太玄》，有以自守，泊如也。或嘲雄以《玄》尚白，雄作《解嘲》，曰：「子徒笑我《玄》之尚白，我笑子之病甚不遭臾跗、扁鵲。」』

此送別之什，薛秀才想亦在吳中失意之時與公同況，故詩皆欝紆無聊之語。城外柳凋，上樓一望，滿目淒涼，風漠漠而蕭蕭，皆公與薛同病相憐之境。如此情懷，憐君更以別緒相逼，路隨秋雁南回，觴趁晚潮一盡，此後草《玄》有處，當于白雲青草之間招我同資鉛槧也。

【校勘】

〔一〕蕭蕭：蜀刻本、書棚本作『瀟瀟』。

夜歸孤山寺寄盧郎中

青山有志路猶賒，心在琴書自憶家。醉別庾樓山色滿，夜歸蕭寺月光斜。落帆露濕回塘柳，開院風驚滿地花。他日此恩須報得，莫言空愛舊烟霞。

此公自寫蕭寺情懷而寄盧也。言青山素有歸隱之志，而路猶賒遠，不能如願，我心自在琴書，能不憶家乎?『醉别』二句,蓋即指其時在盧郎中座上,回來而夜已深也。『落帆』句承『庾樓』來,出樓則挂帆,露已濕柳,『開院』句承『蕭寺』來,入寺則開院,風散落花,以上皆是夜宿孤山寺。以下則寄盧之語,『他日』云云,蓋盧與公交契,許與薦達,故言他日果能得,當以報公之恩,則何敢言『空愛舊烟霞』而但有青山之志不思盡職報稱也。

贈桐廬房明府先輩

帝城春榜謫靈仙,四海聲華二十年。闕下書功無後輩,卷中文字掩前賢。官閑每喜江山静,道在寧憂雨露偏。自笑小儒非一鶚,亦趨門屏冀相憐。

桐廬。縣屬浙江嚴州府,有桐君山,一峰陡立,下瞰桐溪。有異人采藥于此,問其姓名,指桐以示,因名。富春江經其城外,即嚴子陵釣魚處,故詩云『官閑每愛江山静』。

此推奬房前輩也。房爲進士高第,是帝城春榜有名之人,而令于桐廬,是靈仙蒙謫也,四海聲華已有二十年,則房明府之爲先輩已久。『闕下書功』,言房之政聲闕下第一也,愚意以『書功』二字似無出,亦且對不甚工,何不云『屏上姓名無後輩』乎?『卷中文字』,則仍美其聲華也。『官閑』句言桐廬令爲江山閑静之地,『道在』句言將來必邀帝眷簡在也。『自笑』云云,公蓋以汲引望之。

甘露寺感事貽同志

雲蔽長安路更賒，獨隨漁艇老天涯。青山盡日尋黄絹，滄海經年夢絳紗。發〔一〕憤有期心自壯，報恩無處髮先華。東堂舊侣勤書劍，同出膺門是一家。

雲蔽長安。古詩：『浮雲蔽白日。』李詩：『長安不見使人愁。』意在讒口之蔽君，公詩意不過云雲路之未便也。

黄絹。《後漢書》：『楊修暗中手摩蔡邕碑云：「黄絹，幼婦，外孫，齏臼。」乃「絶妙好辭」四字。』

絳紗。《後漢書》：『馬融設絳紗帳，高座傳經，前列生徒，後擁聲妓。』

此公自寫胸臆而與同志言懷也。長安道遠，雲路方賒，漁艇徜徉，天涯將老。青山登眺尋幽，『黄絹』，碑記也，滄海筆耕度日，『夢絳紗』，受徒講學也，如是則若將終身可矣。豈無發憤之心期，但無報恩之處所，想在屢舉進士不第之後。『東堂舊侣』，指同志，或即同舉同學之人，玩『同出膺門』句可見，『勤書劍』言不廢舊業也。『黄絹』，色絲也，是『絶』字。『幼婦』，少女也，是『妙』字。『外甥』，女子也，是『好』字。『齏臼』，受五辛之器也，是『辤』字。此言『尋黄絹』，只尋至山之幽絶處，亦可不必泥定爲尋碑版，前解未的。

【校勘】

〔一〕發：蜀刻本、書棚本作『雪』。

游溪夜回寄道玄上人

南國〔一〕烟光異世間，碧桃紅杏水潺潺。猿來近嶺獼猴散，魚下深潭翡翠閑。猶阻晚風停桂檝，欲乘春月訪松關。幾回杖策終難去，洞口雲歸不見山。

此寫溪游之景以寄道玄也。首句以『異世間』三字喝起通首，烟水縈紆，桃杏相間，猿猴引避，魚鳥忘機，宛然一桃花源境。因晚風而停檝，欲乘月而扣關，而特爲洞口封雲，山徑隱霧，遂不得與上人一晤，寫游境幽邃，飄飄欲仙，極意描寫『異世間』三字。

【校勘】

〔一〕國：蜀刻本、書棚本作『郭』。

客　至

得路逢津更俊才，可憐鞍馬照春來。殘花幾日小齋閉，大笑一聲幽抱開。袖拂碧溪寒繚繞，冠欹紅樹晚徘徊。相逢少別更堪恨，何必秋風江上臺。

評：第一快心事。

此以客至而寫其款洽之趣也。既已得路，而又逢津，更加俊才，明此客已有指引之人也，『可憐鞍馬照春來』，寫得客至氣色，此下定應接『大笑一聲』矣，又倒在前，幾日因花殘齋閉，正在無聊，逼出客至之喜。于是而熟視其衣袖有餘寒，熟視其冠欹于樹下，殷勤之意，賓主歡然。長遠聚談爲妙，乃相逢少時，即欲別去，豈不可恨乎？何必至於秋風蕭颯，登江上之臺送別而始恨也，即此時已恨矣。筆筆跳脱。

經李給事舊居

歸作儒翁出致君，故山誰復有遺文。漢庭使氣摧張禹，楚國懷憂送范雲。楓葉暗時迷舊宅，芳花落處認荒墳。朱弦一奏沈湘怨，風起寒波日欲曛。

此過李給事舊居而詩以致吊也。首句寫出李給事之品，出處不苟，次句起舊居，遺文已亡，傷給事之無繼志述事也。『漢廷』二句，寫給事在朝時以直道建言，不摧于權佞，以節氣結友，不薄于故人。『楓葉』二句，言其舊宅荒蕪，孤墳寥落。『朱弦』二句，正言今日之悲歌，如吊屈子之沉江，風起寒波，聲靈相應也。

新興道中

芙蓉村步失官金，折獄無功不可尋。初挂海帆逢歲暮，却開山館值春深。波渾未辨魚龍迹，霧暗寧知蚌鷸心。夜榜歸舟望漁火，一溪風雨兩岩陰。

此在新興道中而紀其事與景也。『芙蓉村步』，想在新興屬地，『失官金』，疑爲盜劫，『折獄無功』，言來捕盜而未獲。『初挂』二句，序其時，自歲暮至春深，閲三月矣。而波渾霧暗，終難明白，此所謂『折獄無功』也。末二句就道中夜景收。

下第有懷親友并序

余下第寓居杜陵，親友間或登上第，或遂閑居，或抵湘沅〔一〕，或游鄜畤，因抒長句。

萬山晴雪九衢塵，何處風光寄夢頻。花盛庾園携酒客，草深顔巷讀書人。征帆又過湘南月，旅館還悲渭北春。無限别離多病後，杜陵寥落在漳濱。

此公與諸親友言懷也。『萬山晴雪』，風景極佳，接以『九衢塵』三字，却有無數昏昏碌碌之人刺入眼内，不可耐處，然則風光何處可以寓目哉？所夢寐者惟此親友數人而已。『花盛』句是登第，『草深』句是閑居，

『征帆』句是湘沅，『旅館』句是鄜時。末二句總起，言我以此時各各别去，而正當病時，不能從諸公之後，仍在此間，寥落于漳濱也。

【校勘】

〔一〕沅：原作『阮』，據蜀刻本改。下同。

中秋夕寄大梁劉尚書

汴人迎拜洛人留，虎豹旌旗擁碧油。刁斗嚴更軍耳目，戈鋋長控國咽喉。柳營出號風生纛，蓮幕題詩月上樓。應念散郎千里外，去年今夜醉蘭舟。

柳營。細柳營，即今細柳原，在西安府昆明池南，以周亞夫屯兵于此得名。

蓮幕。《南史》：『王儉用庾杲之爲衛將軍，蕭緬與儉書曰：「盛府元僚，實難其選。庾景行泛緑水，依芙蓉，何其麗也。」時以儉府爲「蓮花池」，故緬書美之。』

散郎。唐制，尚書下有侍郎、員外郎，其轉外者曰散郎，謂己。

此公頌尚書德政以相寄也。尚書節鎮大梁，汴洛之人或迎竹馬，或攀車轅，皆依戀恐後。『虎豹』以下，皆實寫尚書節鉞威嚴、幕府清晏之致，末致彼此相憶之意。

初春雨中舟次和横江裴使君見迎趙李二秀才同來因書四韻

芳草渡頭微雨時，萬株楊柳拂波垂。蒲根水暖雁初下，梅徑香寒蜂未知。詞客倚風吹暗淡，使君回馬濕旌旗。江南仲蔚多情調，悵悵春陰幾首詩。

評：和雅清妍。

仲蔚。見前《與張道士同訪李隱居》下。

此詠初春之景與使君、二秀才酬和之意。『芳草』四句詠『初春雨中』，『詞客』句詠二秀才，『使君』句詠裴，『江南』二句公自指，言向來每多情調，而今則悵悵春陰，不過幾首詩而已，言以情懷不佳而疏于筆墨也。

題慧山寺

排空殿塔倚岩巒，松韻經聲月裏寒。兩眼流泉清户牖，九龍飛雨灑欄干。玩沙魚弄金池影，聽法烏啼施食盤。借問綉衣車馬客，幾時林下脱儒冠。

慧山。在無錫縣，舊名九龍山，錫山其東峰也。

此于山寺即景題詠也。首二句寫山寺之景清絶塵區，『兩眼』二句寫泉水，『玩沙』二句寫魚、鳥，『借問』二句寫情懷，言如此佳山水，即當捨車馬而脱儒冠，逍遥林下，不知幾時而始遂此志也。

七言截句

秋思

琪樹西風枕簟秋，楚雲湘水憶同游。高歌一曲掩明鏡，昨日少年今白頭。

時值清秋，西風乍起，枕簟凉冷，不能成寐。追憶同游，楚雲、湘水，天各一方，無所寄懷。高歌一曲，念少年曾幾何時，而今日顧已頭白耶！『掩明鏡』，言對鏡而自驚老醜，掩之不欲見此白頭人也。

送宋處士

賣藥修琴歸去遲，山風吹盡桂花枝。世間甲子須臾事，逢著仙人莫看棋。

『世間甲子須臾事，逢著仙人莫看棋』句評：有見之言，不爲荒誕。

看棋。見前。

此詠宋處士歸遲，而寓規其求仙之意。

失題〔一〕二首

漢武迎仙紫禁秋，玉笙瑶瑟祀昆丘。年年望斷無消息，空閉王城十二樓。

心期仙訣意無窮，彩畫雲車起壽宫。聞有三山未知處，茂陵松柏滿西風。

十二樓。見前七律《寄獻三川守》下。

三山、茂陵。并前見。

二詩大意皆以武帝求仙爲辭，而致意于不死之説，皆荒唐不可信也。

【校勘】

〔一〕失題：蜀刻本、書棚本作『學仙』。

金谷園

三惑沉身是此園，古藤荒草野禽喧。二十四友一朝盡，愛妾墜樓何足言。

金谷園。《晉書》：『石崇有別館在河陽之金谷，一名梓澤。』

二十四友。《晉書·潘岳傳》：『岳性輕躁趨利，與石崇等諂事賈謐。謐二十四友，岳爲冠。孫秀害岳時，石崇已先在市，岳後至，崇謂曰：「安仁，卿亦復爾耶？」岳曰：「可謂『白首同所歸』矣。」先是，岳金谷詩有「投分寄石友，白首同所歸」之句，竟成詩讖。』

墜樓。《晉書》：『崇有妓名緑珠，美而艷，孫秀使人求之。孫秀者，晉之叛藩趙王倫下將也。崇愛緑珠，不予。使者曰：「君侯請三思。」崇曰：「不然。」使者出而反，崇竟不許。秀怒，乃勸趙王倫殺崇。崇謂緑珠曰：「吾爲爾得罪。」緑珠泣曰：「當效死于官前。」自投樓下死，崇亦棄市。』

三惑。未詳。

此過金谷園而傷季倫之沉溺也。

旌儒廟

寒谷〔一〕陰風萬古悲，儒冠相枕死秦時。廟前亦有商山路，何不從翁采紫芝。

此以旌儒之廟，皆秦時被坑之人，憤懣悲涼，激爲當時同隱商山之計，寄慨良深。

【校勘】

〔一〕谷：原校『一作柏』。

寄宋次都

朱檻烟霜夜坐勞，美人南國舊同袍。山長水遠無消息，瑶瑟一彈秋月高。

此于夜坐而思宋次都也。念美人于南國，舊屬同袍。及今遠隔，山長水遠，消息茫茫，瑶瑟一聲，秋月與共。

酬康州韋侍御同年

桂檝美人歌木蘭，西風嫋嫋露溥溥。夜長曲盡意不盡，月在瀟湘洲渚間。

此寄意于美人以酬侍御也。樂府聲調，《離騷》意致，一字不露，綿渺無窮。

夜泊永樂有懷

蓮渚愁紅蕩碧波，吴娃齊唱采蓮歌。橫塘一别千餘里，蘆葦蕭蕭風雨多。

此因蓮渚而有懷也。睹愁紅之蕩碧波，聽吴娃之歌蓮曲，而橫塘千里，蘆葦蕭蕭，風雨偏多，此愁紅之所以蕩于碧波也。如在目中耳下，遠懷可想。

鴻溝

相持未定各爲君，秦政山河此地分。力盡烏江千載後，古溝荒草起寒雲。

此過鴻溝而吊古也。當劉、項交争，割鴻溝而分秦土，似乎可定矣，而孰知項羽終于力盡烏江。千載而後，古溝荒草，竟如此哉！

重經四皓廟二首

峨峨商嶺采芝人，雪頂霜髯虎豹茵。山酒一壺歌一曲，漢家天子忌功臣。

評：千古同病。

避秦安漢出藍關，松桂花陰滿舊山。自是無人有歸意，白芷〔一〕長在水潺潺。

第一首寫四皓所以不出之由者，四皓答高帝云：『陛下輕士善駡，臣等義不辱。』然則宜曰『漢家天子薄儒生』可耳，而公曰『忌功臣』者，何也？蓋四皓非章句小儒，若一出山，必不在蕭、曹、平、勃之下，其立功于漢必也，故云『薄儒生』便小減却四皓身分，曰『忌功臣』便闊大，纔滿得四皓分量。所以第二首言四皓始而避秦，繼而安漢，未嘗不出，然畢竟出則即歸，不似今時之人不出則已，出則更無歸意也。

【校勘】

〔一〕芷：蜀刻本、書棚本作『雲』。

楚宫怨

十二山晴花盡開，楚宫雙闕對陽臺。細腰争舞君王醉，白日秦兵江上來。

獵騎秋來在内稀，渚宫雲雨濕龍衣。騰騰戰鼓動城闕，江上[一]射麋殊未歸。

評：千古同病[二]。

十二山。《天中記》：『巫山十二峰，曰望霞，曰翠屏，曰朝雲，曰松巒，曰集仙，曰聚鶴，曰净壇，曰上昇，曰起雲，曰飛鳳，曰登龍，曰聖泉，凡十二名。』此以《楚宫怨》爲題，而其實以楚王之禽荒、色荒爲戒。

【校勘】

〔一〕上：原校『一作畔』。

〔二〕千古同病：崇禎本此首無評，疑爲前一首之評重複刻於此首。

晨起西樓

留情深處駐横波，斂翠凝紅一曲歌。明月下樓人未散，共愁三徑是天河。

評：横波而歌，意深甚。

或賦閑情，或記冶游，托之艷語以寄意。曰『三徑是天河』，分明是牛、女隔絶之意，未散而先愁，情深矣，則何如禁絶于初，作禪定人，付之不聞不見之爲愈也。

重别曾主簿

淚沿紅粉濕羅巾，重繫蘭舟勸酒頻。留却一枝河畔柳，明朝猶〔一〕有遠行人。

此首□托艷語以寄别意。『淚沿』二句屬送曾之所狎者，『留却』云云，即爲解釋不必多情，明日行人又須作送也。

【校勘】

〔一〕猶：原作『尤』，據蜀刻本改。

酬江西盧端公藍口阻風見寄之什

又携刀筆從膺舟，藍口風高桂檝留。還似郢中歌一曲，夜來春雪照西樓。

『從膺舟』，即指端公，『桂檝留』，因阻風也，『郢中一曲』，見寄之什也，『春雪』，蓋以《陽春》《白雪》況之。

途經秦始皇墓

龍盤虎踞樹層層，勢入浮雲亦是崩。一種青山秋草裏，後人惟拜漢文陵。

評：千古定論。

言秦始皇之墓已崩，不若漢文之陵，至今令人起敬起愛。蓋秦皇之陵，發卒數萬，勞民傷財，而漢文從儉薄葬，以此爲戒爲法也。

題楞伽寺

碧〔一〕烟秋寺泛湖來，水浸城根古堞摧。盡日傷心人不見，石榴花滿〔二〕舊歌臺。

此公楞伽寺懷人之什。蓋伊人向在寺中與公盤桓，而今日不見也。

【校勘】

〔一〕碧：原本空闕，據蜀刻本、書棚本補。

〔二〕滿：原校「一作發」。

贈何處士

東別茅峰北去秦，梅仙書裏説知人。白頭主印青山下，雖遇唐生不敢親。

『唐生不敢親』，未詳所出。

經故太尉段公廟

徒想追兵緩翠華，古碑荒廟閉松花。紀生不向滎陽死，豈有山河屬漢家。

段太尉。《唐書》：『段秀實，字成公，姑臧人。朱泚反，以秀實素有人望，使騎往迎。秀實與妻子訣而入，陽與陰〔一〕合。朱泚僞迎天子，遣將韓旻領鋭師三千疾馳奉天。秀實以爲宗社之危不容喘，乃遣人竊取姚令言印，不獲，乃倒用司農印追其兵。旻至駱驛，得符還。秀實謂其屬曰：「旻之來，吾等無遺類。我當直搏殺賊，不然則死。」翼日，朱泚召秀實計事，語至僭位，秀實奮象笏前，唾泚，大罵曰：「狂賊，可磔萬段，我豈從汝反耶？」遂擊之。泚舉臂捍笏，中顙，流血幭面，匍匐走。賊衆未敢動，會前與秀實約同擊殺泚者不至，秀實大呼曰：「我不同反，何不殺我！」遂遇害。興元元年，詔贈太尉，謚曰忠烈。』

紀生。《漢書》：『紀信，廣安人。誑楚脱高帝，爲項羽所殺。』

詩意言非追兵以緩翠華之來，則德宗已落泚手，而唐祚已移。然則公之一死，豈不與紀生之于高帝同一轍哉？

【校勘】

〔一〕陰：《新唐書》卷一五三《段秀實傳》此字在『合』下，讀屬下『結將軍劉海賓』，此當爲許培榮誤引。

夏日寄江上親友

雨過山前日未斜，清蟬嘒嘒落槐花。車輪南北已無限，江上故人纔到家。

此即景隨時題所見而寄憶也。『車輪南北』著『已無限』三字，括盡無數行旅勞役之苦。

鷺　鷥

西風淡淡水悠悠，雪照絲飄帶雨愁。何事歸心倚前閣，緑蒲紅蓼練塘秋。

見鷺鷥之失群而自憐，歸思淹留，且已馳心于練湖，寫得遠想悠然。

謝庭〔一〕送別

勞歌一曲解行舟，紅葉青山水急流。日暮酒醒人已遠，滿天風雨下西樓。

此于別後而致遠思也，聲情綿渺。

【校勘】

〔一〕庭：蜀刻本作『亭』。

緱山廟

王子求仙月滿臺，玉簫清轉鶴徘徊。曲終飛去不知處，山下碧桃春自開。

此于緱山廟而思王子晉跨鶴昇仙之事。『曲終』二句，説得寂然，隱有有無影響間意。

丁卯集箋注後跋

先大父赤來公駐節天雄北陵，同族走請叙《丁卯》遺集，公於鞅掌之餘，編輯校訂，叙而鐫之，由來久矣。先君甫十齡，而大父捐館。嗣後讀《丁卯》遺叙，見其字畫磨滅，慴然有重梓之意。又以集無箋釋，全豹莫窺，於是廣爲搜羅，詳加考訂，事實則引據於前，大義則詮釋於後，義例一本錢之注杜、施之注蘇。再閱寒暑而告厥成焉。歲庚戌，長兄迎養曲江，始鳩工鋟之，命德厘訂卷次，校勘點畫。顧功未垂成，余兄已挂吏議。辛酉六月，德侍〔一〕先君旋里，長途侵暑，以致不起。苫塊餘生，未克踵成先志。今淹忽十數稔，而力又不逮矣。乙亥秋，北陵族人來壇，以前刻《丁卯集》見遺，復以補刻《箋注》爲請。德方懼析薪之不克負荷，夙夜兢兢，幸有同心。遂取已刻、未刻者彙而秩之，以付梓人。俾先人纘緒之心得以少伸，庶在天之靈其無遺憾矣。乾隆丙子仲夏男鍾德瞿良氏謹識。

【校勘】

〔一〕侍：原作『待』，據文意改。